Maria Volkermann

DER GARTEN DER FREUNDSCHAFT

Bibliografische Information der Deutschen Nationalbibliothek
Die Deutsche Nationalbibliothek verzeichnet diese Publikation in der Deutschen
Nationalbibliografie; detaillierte bibliografische Daten sind im Internet über
http://dnb.d-nb.de abrufbar.

1. Auflage 2020
Printed in Poland
Alle Rechte bei der Autorin
Lektorat: Barbara Scheck
Einbandfotos: Maria Volkermann
Druck und Bindung: Bookpress Olsztyn
ISBN 978-3-942469-93-7

www.andrebuchverlag.de

Maria Volkermann

Der Garten der Freundschaft

Erzählungen

ANDRE BUCH VERLAG

Die Welt ist so leer, wenn man nur Berge, Flüsse und Städte darin denkt, aber hier und da jemanden zu wissen, der mit uns übereinstimmt, mit dem wir auch stillschweigend fortleben, das macht uns dieses Erdenrund zu einem bewohnten Garten.

Johann Wolfgang von Goethe

Der 60. Geburtstag

Ingrid ging über die leere Scheunendeele*. Es war 6 Uhr in der Frühe und sie konnte nicht schlafen. Sie hatte es versucht, sich vor zwei Stunden hingelegt, nachdem alle Gläser abgeräumt und die Reste des Büfetts im Kühlschrank verstaut waren. Konrad und ihre Tochter hatten ihr geholfen, die schliefen jetzt fest, aber Ingrid fand keine Ruhe, zuviel ging ihr im Kopf herum. Nun stand sie allein auf der verlassenen Deele.

Sie ging langsam von Tisch zu Tisch, erfüllt von Gedanken an ihre Gäste, die hier so fröhlich mit ihr gefeiert hatten. Ein herrliches Fest lag hinter ihr. Alle waren gekommen, um ihr zum 60. Geburtstag zu gratulieren, sich mit ihr über den neuen Lebensabschnitt zu freuen, denn sie trat in die passive Phase der Altersteilzeit ein. Sie durfte jetzt endlich zuhause bleiben und all die Dinge tun, die sie schon immer machen wollte. Vorgestern war ihr letzter Arbeitstag gewesen! Sie war mit Wünschen für ihr Glück und ihre Gesundheit umarmt worden. Ja, Gesundheit. Niemand nahm Notiz von ihrer bedrückten Stimmung.

Ingrid trat an den Tisch, wo die Kolleginnen gesessen hatten. Die mussten nun ohne sie zurechtkommen. Ihre Tätigkeit auf der Diabetes-Station lag jetzt in anderen Händen.

Ingrid hatte ihre Arbeit immer mit großem Engagement und

* Norddt. für „Tenne" (Dreschboden) in traditionellen Scheunen.

Verantwortungsgefühl für die Patienten verrichtet. Als Diabetes-Beraterin war sie verantwortlich für die Schulung der Zuckerkranken gewesen, sie gab Ernährungstipps, ging mit ihnen einkaufen, erklärte den richtigen Umgang mit Spritzen und Blutzuckermessgeräten. Sie überwachte die Blutzuckerwerte und kam selbst mit schwierigsten Patienten klar. Über die Jahre nahm sie ständig an Weiterbildungsmaßnahmen teil und galt als kompetent und zuverlässig. Auf der Station würde sie eine Lücke hinterlassen. Das Kollegium hatte Ingrid zum Abschied ein Bild geschenkt, ein großes schönes Foto, auf dem alle Mitarbeiter der Station fröhlich in die Kamera lächeln. Zur Erinnerung! Wie lange würde man noch an sie denken? Wäre in der Hektik des Klinikalltags Zeit für einen Moment des Erinnerns: Ach, schade, dass Ingrid nicht mehr bei uns ist! Sie machte sich hierüber keine Illusionen, aus den Augen aus dem Sinn, jeder Mensch ist zu ersetzen. Oder etwa nicht?

Auf der Deele hing noch kalter Zigarettenrauch in der Luft. Ingrid öffnete die Deelentür, frische Morgenluft strömte herein und sie fröstelte, es war erst Mitte Mai und die Nächte noch kühl, darum zog sie den Reißverschluss ihrer Jogging-Jacke zu. Vor der Tür stand der Bierwagen, nun verwaist und nutzlos. Vor Stunden hatten sich dort die Gäste gedrängt, sich Getränke bestellt und gut gelaunt unterhalten. Nun standen nur noch einige Biergläser mit verschalten Pfützen auf dem Tresen, von den letzten Gästen dort abgestellt.

Ingrid machte sich daran, die Blumengestecke von den Tischen abzuräumen. Schade, dachte sie, viel zu schade zum Wegwerfen. Aber sie musste es tun. Der Blumenschmuck war flieder- und champagnerfarben, wie sie es sich gewünscht hatte.

Ihre Freundin Maria hatte die Dekoration aus Schneeballblüten, Strandflieder und Funkien gebunden. Maria arbeitet gerne mit Blumen und Pflanzen und hat sich auch sofort angeboten, beim Schmücken zu helfen. Ingrid war ihr dankbar dafür. Dankbar war sie auch ihrem Mann Konrad. Er hatte keine Kosten und Mühen gescheut, um seiner Frau ein schönes Geburtstagsfest zu bereiten. Die Scheunendeele war gereinigt, geweißelt und mit frisch geschlagenen Birkenzweigen geschmückt, Tische, Stühle und Bänke vom Heuboden heruntergeschleppt, der Bierwagen abgeholt und ein Alleinunterhalter engagiert worden.

Als absolutes Highlight, als Überraschung für Ingrid und die Gäste, hatte Konrad in der Nacht ein großes Höhenfeuerwerk abbrennen lassen. Es war wunderschön stimmungsvoll gewesen und hatte die neunzig Gäste tief beeindruckt.

Sie schauten in den Dortmunder Nachthimmel und staunten über die vielfarbigen Lichter und Sterne, die sich wie Fontänen über die Hofgebäude ergossen. Wie an Neujahr, dachte Ingrid, richtig feierlich, etwas ganz Besonderes. Sie wischte sich mit dem linken Ärmel ihrer Jacke über die Augen. Ihr Mann hatte sich den ganzen Abend tapfer geschlagen, niemand konnte ihm etwas angemerkt haben. Unermüdlich waren Konrad und sie auf der Tanzfläche gewesen. Sie wusste, dass seine Fröhlichkeit nur zur Schau gestellt war, denn in seinen Augen hatte sie die tiefen Sorgen erkannt. Sie kannte ihn gut.

Nachher mussten sie es den Kindern sagen!

Ingrid zog sich einen Stuhl zum Geschenktisch heran. Sie begann, die Geschenke auszupacken, Briefumschläge zu öffnen und die Karten zu lesen. So viele fröhliche und liebevolle Sätze waren geschrieben worden. Ingrid nahm sie alle in sich auf. Den Blumenstrauß von Konrad würde sie mitnehmen, entschloss sie sich. Wie so oft in den letzten Tagen strich sie über ihre rechte Wange, über die Schwellung, die anscheinend niemandem aufgefallen war. Die Geldgeschenke waren für die Anschaffung ihres neuen E-Bikes gedacht, das schon einsatzbereit an der Mauer lehnte. Jemand hatte eine Blumengirlande um den Lenker geschlungen. Vorläufig werde ich es wohl nicht benutzen können, dachte seine Besitzerin. Werde ich es überhaupt noch mal fahren? Natürlich! Sie scheuchte ihre dunklen Gedanken beiseite. In vier Monaten würde das Enkelkind geboren werden, ihr zweites, aber das erste auf dem Hof. Ingrid freute sich so sehr darauf. Es wurde ein Junge erwartet und sie möchte ihn aufwachsen sehen. Von ihrer kleinen Enkeltochter hatte sie viel zu wenig. Sie lebte bei ihrer Mutter in Süddeutschland und kam selten zu Besuch. Aber gestern war die kleine Anna dabei gewesen, den ganzen Tag und die halbe Nacht, bis zum großen Feuerwerk, das sie mit Begeisterung verfolgt hatte. Auch der Zauberer war für Anna und die anderen Kinder eine faszinierende Überraschung gewesen. Mit großen Augen beobachteten die kleinen Gäste die Tricks und Fingerfertigkeiten des bunt kostümierten Clowns. Er fabrizierte aus bunten Luftballons zahlreiche Figuren und Tiere und verschenkte sie dann an die Kinder. Da hatten die kleinen Gäste gestaunt und gelacht, eine Feier ganz nach ihrem Geschmack.

Die Rede ihres Schwagers war zu Herzen gegangen: „Ich danke euch beiden, dir und Konrad, für die Unterstützung und Anteilnahme, als ich an einem Tiefpunkt war und es mir sehr schlecht ging. Ich danke euch für die Beharrlichkeit und Treue, mit der ihr mich immer wieder aufgesucht und ermuntert habt, mein Leben zu leben."

Ingrid ging in die Küche, um Kaffee zu kochen, bald würde ihr Sohn aufstehen, um die Schweine zu füttern. Vielleicht steckte er ja seinen Kopf durch die Tür, vom Kaffeeduft angelockt. Zum Mittagessen würde auch ihre Tochter dabei sein, dann wollte sie mit allen reden. Sie musste es jetzt offenbaren, dass sie am Nachmittag ins Krankenhaus gehen und einen Tag später operiert werden würde. Alle Voruntersuchungen waren schon in den Tagen vor dem Fest absolviert worden. Die Ärzte hatten es dringlich gemacht, sie wollten schon in der vergangenen Woche operieren, aber Ingrid hatte darauf bestanden, es war ihr wichtig gewesen: Sie wollte vorher ihren Geburtstag feiern und es sollte ein schönes Fest werden.

Nachdem sie sich am Nachmittag in dem Krankenzimmer der Tumorklinik eingerichtet hatte, setzte sie sich aufs Bett und rief ihre Freundin Maria an, um sie in Kenntnis zu setzen: „Hallo Maria, hier ist Ingrid, ich bin im Krankenhaus und werde morgen operiert."

„Was ist passiert", fragte ihre Freundin besorgt, „hattest du auf der Fete noch einen Unfall?"

„Nein, ich habe einen Tumor in der Mundhöhle, und der wird morgen operiert. Es wird ein größerer Eingriff werden. Sie werden mir Haut verpflanzen und ich weiß nicht, ob ich danach gut sprechen kann. Außerdem müssen noch Lymphdrüsen im Halsbereich entfernt werden."

Ingrid spürte, dass es Maria die Sprache verschlug, doch dann fing die Freundin sich und sagte mit belegter Stimme: „Das ist ja furchtbar, wie hast du das nur auf deiner Feier verheimlichen können? Ich werde keine ruhige Minute haben, bis du alles überstanden hast. Ich komme dich besuchen, sobald du einigermaßen wach bist, und jetzt würde ich dich so gerne in die Arme nehmen."

Nach diesem Gespräch legte sich Ingrid auf die Seite und schaute auf den Blumenstrauß, den sie sich mitgebracht hatte. Die Angst kroch hoch, machte sich breit, ließ sie frieren. Nein! Sie würde sich nicht unterkriegen lassen! Sie musste da nun durch, ohne Wenn und Aber, es gab keinen anderen Weg!

Es war der 13. Mai und Muttertag, und sie wollte es schaffen!

Meine Bekanntschaft mit Ingrid

Ich hatte es mir an diesem sonnigen Mai-Sonntag mit einem Buch auf der Terrasse gemütlich gemacht. Von meinem Sitzplatz aus beobachtete ich die fleißigen Meiseneltern, die unermüdlich ihre Brut in dem Nistkasten fütterten, den ich im Frühjahr aufgehängt hatte. Das flehentliche Piepsen der Jungen lenkte mich immer wieder von meiner Lektüre ab. Bis vor kurzem saß auch mein Mann Wilm hier draußen bei mir. Wir tranken einen Kaffee und unterhielten uns über die grandiose Geburtstagsparty meiner Freundin Ingrid, auf der wir gestern Abend anlässlich ihres 60. Geburtstags fröhlich mitgefeiert hatten. Zugleich war sie in die passive Phase ihrer Altersteilzeit gegangen. Ein doppelter Grund, um fröhlich zu sein. Aber Ingrids Fröhlichkeit war gestern eher verhalten gewesen, was mich nicht besonders stutzig gemacht hatte, denn sie hatte ein ruhiges, besonnenes Naturell. Sie neigte nicht zu überschäumenden Gefühlsregungen, so wie ich.

Mein Handy klingelte und ich erkannte Ingrids Nummer auf dem Display.

„Das war ja eine tolle Fete, bist du auch zufrieden?", begrüßte ich sie.

Meine Freundin klang reserviert, was nicht so recht zu dem Satz passte, den sie sagte: „Ja, meine Feier war wunderbar, alle Gäste werden sich bestimmt lange daran erinnern und ich mich auch."

Und dann erzählte sie mir, was ihr bevorstand. Schon morgen würde sie an einem bösartigen Tumor in der Mundhöhle operiert werden, ein größerer Eingriff mit Hautverpflanzung und Lymphdrüsenentfernung. Die Voruntersuchungen hatte sie in der Woche vor ihrem Geburtstag absolviert, aber die Operation sollte erst nach der Feier durchgeführt werden, darauf hatte Ingrid bestanden.

„Maria, wahrscheinlich werde ich danach nicht gut sprechen können, die Ärzte wissen nicht genau, wie tief der Tumor sitzt. Ich schicke dir eine SMS, wenn ich es überstanden habe", sagte meine Freundin gefasst. Bei dem Gespräch hatte es in meinem Kopf zu brausen begonnen, Angst machte sich breit und Verzweiflung. Bevor wir unser Telefonat beendeten, versprach ich ihr, sie sobald wie möglich zu besuchen. Ich vergaß sogar, ihr alles Gute zu wünschen.

Wilm fand mich laut weinend auf der Terrasse vor. Er konnte mich nicht beruhigen, denn ich hatte eine vage Ahnung von dem, was Ingrid bevorstand. Als Pflegefachkraft hatte ich schon zu viel erlebt.

Ich lernte Ingrid vor dreißig Jahren während eines Sonderlehrgangs der ländlichen Hauswirtschaft kennen. Wir hatten beide einen Landwirt geheiratet und sahen die Notwendigkeit, Kenntnisse und Fertigkeiten zu erlernen, die für einen landwirtschaftlichen Haushalt vorteilhaft sind. Da wir nicht weit auseinander wohnten, trafen wir uns hin und wieder, um gemeinsam zu lernen. Dabei kamen wir uns näher. Ingrid schloss nicht schnell Freundschaften, sie war eher zurückhaltend. Dabei beobachtete sie gut und äußerte ihre Meinung nur nach gründlichem Überlegen. Ich bin spontan, kontaktfreudig und trage mein Herz auf der Zunge. Wir ergänzten uns gut.

Nach dem erfolgreichen Ende des Sonderlehrgangs nahmen

wir die Meisterprüfung in Angriff. Zwei Jahre lang gemeinsame Lehrgänge, Seminare und Schulungen. Wir teilten uns das Zimmer, wenn wir auf einem Wochenseminar waren. Unsere Freundschaft festigte sich, wir trafen uns nun auch privat mit den Ehemännern.

Endlich hielten wir nach intensivem Büffeln und nervenaufreibenden Prüfungen unsere Meisterbriefe in Händen. Wir waren stolz und glücklich und hatten einen Grundstock für unseren beruflichen Weg gelegt, was wir damals aber noch nicht wissen konnten.

Außerdem waren wir in einen Kreis von außergewöhnlichen Frauen geraten, die sich von da an regelmäßig trafen und viele gemeinsame Reisen unternahmen. Der Meisterkurs von 1986 war schon ein besonderer Jahrgang, und Ingrid und ich gehörten dazu.

Einige Jahre später bekam ich von der Diakonie das Angebot, als Familienpflegerin zu arbeiten und nahm an. Ingrid stieg etwa zur gleichen Zeit wieder in ihren Beruf als Diätassistentin ein und machte die Weiterbildung zur Diabetesberaterin. Dabei kam ihr die Meisterprüfung in der ländlichen Hauswirtschaft zugute. Sie war in der Klinik angesehen und erfolgreich. Wir Freundinnen trafen uns jetzt zu privaten Vergnügungen. Gemeinsam schauten wir uns interessante Kinofilme an und diskutierten bei unserem Lieblingsitaliener darüber. Ingrid aß so genussvoll. Ich hatte immer Freude daran, ihr beim Essen zuzuschauen. Gern gingen wir ins Museum. Unsere Ausflüge führten uns nach Düsseldorf, nach Essen ins Folkwang-Museum oder in die Villa Hügel. Durch die Ausstellungen wanderten wir immer getrennt. So konnte jede, solange sie wollte, vor den Exponaten verweilen. (Ingrid neigte zu Platzangst, besonders in den Jahren des Klimateriums.)

Schließlich wartete sie vor dem Eingang auf mich. Sie war

schon mit Ende Dreißig in die Wechseljahre gekommen und hatte erhebliche Probleme mit diesbezüglichen Beschwerden. Wir sprachen über unsere familiären Sorgen, tauschten uns voll Vertrauen aus und suchten Lösungen für Probleme.

Die Erinnerung an die stressige Prüfungszeit sorgte immer mal wieder für reichlich Gesprächsstoff zwischen uns.

Die Prüfung

Im Frühjahr 1986 bereitete ich mich intensiv auf die praktische Prüfung zur Meisterin der ländlichen Hauswirtschaft vor. Ich hatte die Hausarbeit mit der Beschreibung des Betriebes und der Buchführung abgegeben, die schriftlichen und mündlichen Prüfungen lagen hinter mir, und ich hatte insgesamt ein gutes Gefühl. Nun konzentrierte ich mich auf die vielfältigen Aufgaben, die in dem bäuerlichen Haushalt unter den Augen der Prüfungskommission auf mich zukommen würden. Da konnte eine Menge schiefgehen.

In der heimischen Küche kochte und backte ich, was das Zeug hielt. Ich gestaltete Menüs nach gesundheitlichen, saisonalen und diätischen Gesichtspunkten, achtete auf farbliche Aspekte, garnierte und dekorierte. Meine Backfertigkeiten perfektionierte ich in allen Teigvariationen, wobei mir besonders der Brandteig einiges abverlangte. Aber ich gab nicht auf, spritzte fleißig Windbeutel und Eclairs aufs Backblech, füllte sie später kalorienreich und sorgte dadurch für eine enorme Gewichtszunahme meiner Lieben.

Die Haushaltskosten stiegen ins Uferlose. Meine Familie, allesamt eingeschworene Testesser, wünschte sich sehnsüchtig wieder Bratkartoffeln und Spiegeleier zum Mittagessen.

„Deine Koch- und Backorgien gehen mir allmählich auf die Nerven!", maulte mein Mann Wilm, der ansonsten meiner beruflichen Verwirklichung positiv gegenüberstand. Ich hatte den

Bogen überspannt, als ich ihm stolz den Nachtisch kredenzte: Schwäne aus Brandteig, die auf einem grünlichen Gelantinesee schwammen und in ihrem Innersten Vanille-Rum-Sahne verbargen.

Ich putzte alle Schuhe, zog ihnen aber vorher die Schnürsenkel heraus, bügelte Hemden nach arbeitsökonomischen Gesichtspunkten und polierte alle angelaufenen Silberteile des Hausrats.

Mein Nutzgarten wurde um die Aussaat aller erdenklichen Gemüsesorten bereichert, und ich war mir darüber im Klaren, dass ich die Ernteflut über den Sommer nie würde bewältigen können.

Dafür beraubte ich meinen Ziergarten aller Frühblüher, um daraus Gestecke und Tischdekorationen zu zaubern, die unseren Wohnbereich in einen duftenden Blumenladen verwandelten.

Mein armer Ehemann rackerte sich allein im Sauenstall ab und sehnte die Zeit danach herbei, ich aber fühlte mich gut gewappnet.

Da geschah etwas, das ganz Europa in Angst und Schrecken versetzte und meine Prüfungsvorbereitungen abrupt unterbrach:

Am 26. April trat in dem ukrainischen Atomkraftwerk Tschernobyl der GAU (größter anzunehmender Unfall) ein. In Block 4 des Kraftwerks kam es zu einer vollständigen Kernschmelze. Durch die daraus folgenden Explosionen wurde radioaktives Material in die Luft gestoßen, welches die gesamte Gegend kontaminierte und sich über das ahnungslose Europa verteilte.

Am 28. April wurde in Schweden eine erhöhte Radioaktivität gemessen, die nicht durch das eigene Kraftwerk verursacht worden war. Der Verdacht fiel schnell auf ein sowjetisches

Atomkraftwerk, aber Gewissheit gab es erst am 29. April, drei Tage nach dem GAU! An diesem Tage erreichte die radioaktive Wolke Deutschland und ging aufgrund intensiver Regenfälle vor allem im Süden nieder.

Diese unsichtbare Gefahr verunsicherte die deutsche Bevölkerung sehr. Niemand wusste genau, was wie stark belastet war, wie viel Radioaktivität noch kommen würde und was zu tun sei. Als Sicherheitsmaßnahmen kauften die besorgten Menschen Lebensmittel in Konserven, Frischmilch wurde nicht mehr getrunken, Bauern mussten ihren Spinat unterpflügen, Kinder durften nicht mehr im Freien spielen, Fußballspiele wurden abgesagt und bei Regen stellte man sich unter. Die Apotheken boten vermehrt Jodtabletten an und diese fanden reichlich Absatz. Trotz der Ungewissheit und Angst, die unsere Gedanken prägten, musste das Leben weitergehen, denn mein Prüfungstermin war auf den 6. Mai festgelegt worden.

Am Vortag fand auf einem Bauernhof im Münsterland die Vorbesprechung und die Überprüfung der Zutaten und Arbeitsgeräte statt. Ich war nicht der einzige Prüfling, zwei junge Wirtschafterinnen fieberten ebenso der hauswirtschaftlichen Kür entgegen.

Wir zogen die Zettel mit den Prüfungsaufgaben und mit klopfendem Herzen las ich da:

1.) Bereiten Sie für die Geburtstagskaffeetafel aus zwei verschiedenen Teigsorten Rhabarberkuchen zu.

2.) Stellen Sie Tisch- und Raumschmuck her, wofür Sie Blumen aus dem Bauerngarten verwenden und decken Sie eine Kaffeetafel.

3.) Leiten Sie eine Auszubildende an, im Nutzgarten Bohnen und Möhren auszusäen.

Ich war entsetzt! Keine dieser Aufgaben war geeignet, in der jetzigen Situation der Verstrahlung ausgeführt zu werden. Wollte die Prüfungskommission alle Beteiligten wissentlich dem Risiko einer Kontamination aussetzen? Schauten diese Damen keine Nachrichten, oder waren sie nicht wendig genug gewesen, die Prüfungsaufgaben umzuändern? Jetzt hatte ich die ganze Verantwortung alleine am Hals!

Schon auf der Rückfahrt vom Prüfungsbetrieb plante ich meine Aufgaben im Geiste um.

Im heimatlichen Blumengeschäft erstand ich Rosen und Fresien, die garantiert nicht im Freiland gewachsen waren, dazu das nötige Grün. Zuhause packte ich mir zwei saubere Blaumänner von Wilm in einen Korb, größenmäßig würden die zwar nicht passen, aber man konnte ja umkrempeln. Dazu legte ich mehrere lange Plastikhandschuhe, die wir eigentlich für die schweren Sauengeburten vorrätig hielten. Ich suchte mir noch einige Einkaufstüten heraus, Weckringe und Duschhauben, die ich von Urlaubsreisen aus den Hotelbadezimmern mitgebracht hatte.

Aufgeregt, aber gut ausgerüstet, brach ich am nächsten Morgen ins Münsterland auf.

Auf dem Hof wurden wir Anwärterinnen von einer sechsköpfigen weiblichen Prüfungskommission begrüßt, deren Mitglieder allesamt einen kompetenten Gesichtsausdruck zur Schau stellten. Kurz darauf teilte sich die Jury in Zweiergrüppchen auf und gesellte sich gemeinsam mit den Prüflingen an die diversen Prüfungsorte. Dabei wurden wir mit strengem Blick taxiert.

Ich versuchte, diese Damen aus meinem Bewusstsein auszublenden.

Vorsorglich legte ich die Steckschwämme für die Tischdeko zum Vollsaugen ins Wasser. Dann bereitete ich Hefeteig zu und ließ ihn gehen. In der Zwischenzeit rührte ich einen Biskuitteig an und verteilte ihn auf einem Backblech. Abgebacken bestrich ich diesen mit Erdbeermarmelade, rollte ihn auf und schnitt ihn in Scheiben. Danach kam der Hefeteig aufs Blech, wurde mit Streuseln belegt und ab in den Ofen. Ich arbeitete konzentriert mit hochrotem Kopf. Da erreichte mein Ohr eine spitze Bemerkung: „Sie haben den Rhabarber vergessen!"

Bald duftete es in der Bauernküche herrlich nach frischem Hefeteig, der auch ohne Rhabarber lecker aussah. Hin und wieder linste ich zu den Damen hinüber, sah missbilligende Blicke unter hochgezogenen Augenbrauen, ließ mich aber nicht entmutigen.

Nachdem ich gespült und die Küche aufgeräumt hatte, begab ich mich in der Waschküche an die Tischgestecke. Hier hatte kurz zuvor noch eine Kommilitonin unter kritischen Blicken frisch geschlachtete Hühner für die Vermarktung gerupft und ausgenommen. Es roch penetrant. Ein Prüferinnen-Duo war mir gefolgt. Ich presste Mosy in Steckschalen, steckte Grün und meine Blüten dazu und war zufrieden mit dem Gesamtwerk. Die Blicke der Damen waren undurchdringlich. Dann deckte ich den Esstisch in der Bauerndiele mit dem Zwiebelmuster-Service der Bäuerin und stellte den Blumenschmuck in die Mitte. Das Gelb der Gestecke harmonierte mit dem Blau des Porzellans. Nun noch die gelben Servietten zur Lilie gefaltet und das Tafelsilber, welches ein anderer Prüfling zum Glänzen gebracht hatte, hingelegt und ausgerichtet.

An dieser Stelle erwartete mich meine schwierigste Aufgabe, die Lehrlingsanleitung.

Die junge Dame war sehr blass, sie hieß Andrea, und ich sah ihr die Aufregung an.

„Sie brauchen keine Angst zu haben", nahm ich ihr die Scheu, „ich habe alles gut vorbereitet, zusammen schaffen wir das prima!"

Gesagt, getan. Ich staffierte das junge Mädchen mit Wilms

Blaumann aus und zog mir selber einen an. Hosenbeine und Ärmel wurden umgekrempelt, dann stülpten wir uns die Einkaufstüten diverser Schuh- und Modegeschäfte über unsere Schuhe und befestigten diese mit Weck-Gummi-Ringen. Unsere Haarpracht verhüllten wir mit den durchsichtigen Duschhauben. Jetzt waren die Frisuren perdü, aber Schutz vor Emission ging vor. Mit Schwung beförderte ich die Geburtshandschuhe aus dem Korb und half Andrea, sie anzuziehen, dann war ich an der Reihe. Wir sahen nun aus wie Menschen von einem anderen Stern. Oder eher wie blaue Vogelscheuchen, die in ihrem Einsatzgebiet jede andere Kreatur in die Flucht schlagen würden.

Wir konnten uns kaum vorwärts bewegen und hatten schon Mühe, die Gartengeräte an Ort und Stelle zu transportieren.

Mein Herz klopfte mir bis zum Hals, als sich das dritte kritische Duo in der Gartenfurche zu uns gesellte. Sah ich da etwa ein verhaltenes Grinsen?

Ich zeigte dem Lehrling, wie man das Gartenland vorbereitete, wie tief die Rillen sein mussten und in welchem Abstand die Bohnen liegen sollten. Ich bewegte mich schwerfällig wie ein Astronaut, die Handschuhe glitten an meinen Armen hinunter und der Tastsinn meiner Finger war arg desensibilisiert. Dann rutschte mir auch noch die Haube über die Augen, ich nahm mein Umfeld nur noch verschwommen wahr.

Nun war Andrea mit dem Nachmachen dran. Ich richtete zwischendurch ihre Kluft und lobte ihre geraden Reihen. Ebenso verfuhren wir mit der Möhrenaussaat. Die Inquisition beschmutzte ihre Pumps und inspizierte die Reihen, dann zog sie sich auf den Gartenweg zurück. Ich vernahm ein aufgeregtes Gemurmel und war mir nun sicher: Mein merkwürdiger Auftritt im Garten hatte meinen Traum, in den Olymp der Hauswirtschaft aufzusteigen, endgültig zunichte gemacht.

„Danke, Andrea", sagte ich zu dem jungen Mädchen, „Sie haben Ihre Sache richtig gut gemacht!"

Wir schälten uns aus der Verkleidung, richteten uns die Frisuren oder was davon übrig war und betraten die Lehrküche für die Endbesprechung.

Wir mussten lange warten, denn die Prüfungskommission saß erst mal an der Kaffeetafel und verspeiste meinen Kuchen.

Meine Nerven waren bis zum Zerreißen gespannt, als ich endlich mein Zeugnis in die Hand gedrückt bekam.

„Frau Valentin", sagte die Vorsitzende der Damen, „Sie haben die Prüfungsaufgaben nicht eingehalten, das hat Minuspunkte gegeben. Aber der Kuchen hat geschmeckt, und der Tisch war perfekt gedeckt und stimmungsvoll geschmückt. Ihr merkwürdiger Aufzug im Garten hat uns zunächst verblüfft, doch wir haben die gute Absicht erkannt, die Auszubildende und sich zu schützen. Wir meinen aber, dass die Gefahr in den Medien übertrieben wird und reine Panikmache ist. Hier im Münsterland müssen wir keine Radioaktivität fürchten."

Ich hatte die Prüfung bestanden und war unbeschreiblich erleichtert.

In meiner Küche hängt der Meisterbrief. Jedesmal, wenn ich ihn anschaue, muss ich unweigerlich an die verheerende Katastrophe von Tschernobyl denken. Noch heute, 34 Jahre später, sind Pilze und Wild aus bayrischen und baden-württembergischen Wäldern radioaktiv belastet. Auch wenn sich Deutschland allmählich von der Atomenergie verabschiedet, so ticken doch rundherum in den Nachbarstaaten die Zeitbomben und können den nächsten GAU nicht ausschließen.

Besuch bei Ingrid

Am Sonntagabend recherchierte ich im Internet und erhielt erschreckende Informationen über Mundhöhlentumore. Meistens handelte es sich um Plattenepithelkarzinome, war da zu lesen, und ich hoffte inbrünstig, dass die Operation noch früh genug wäre.

Ingrid schickte ich am Abend eine SMS:

„Du weißt, dass ich an dich denke. Ich habe dich lieb."

Den ganzen nächsten Tag lief ich unruhig und unkonzentriert herum.

Wie lange dauert wohl die OP, ob sie schon wach ist?, fragte ich mich immer wieder.

Am Abend erhielt ich eine Nachricht auf dem Handy. Dort standen nur zwei Worte: „Alles grün."

Ich war zunächst erleichtert.

Am Tag nach der Operation fuhr ich ins Krankenhaus. Meine Freundin lag in der Klinik, in der sie ihr Arbeitsleben verbracht hatte. Hier fühlte sie sich wohl auch als Patientin gut aufgehoben.

Auf dem Weg zum Krankenzimmer versuchte ich mich auf die Begegnung vorzubereiten. Nur nichts Falsches sagen und keine Bestürzung zeigen!, wappnete ich mich innerlich.

Ingrid schlief, als ich ins Zimmer trat. Still setzte ich mich auf den Hocker neben das Bett und betrachtete sie. Das Gesicht sah aufgequollen aus, die Lippen dick und feuerrot. Am

Hals und am Schlüsselbein befanden sich mehrere längliche Verbände, sie trug noch das OP-Hemd. Ihr linker Arm war bis zum Ellenbogen verbunden, im rechten Arm lag ein Zugang, in den durch einen Schlauch Flüssigkeit lief, die aus einem aufgehängten Beutel kam. Meine Freundin muss gespürt haben, dass ich sie anschaute, denn sie schlug die Augen auf und versuchte ein schiefes Lächeln. Ich traute mich nicht, sie in die Arme zu nehmen, darum nahm ich nur ihre rechte Hand in meine.

„Schön, dass du da bist", flüsterte sie.

„Streng deine Stimme nicht an, du musst nichts sagen", erwiderte ich. Ich erzählte ihr, wie froh ich sei, dass die Operation glücklich überstanden wäre und dass sie sprechen könnte. Dann sprach ich von der schönen Feier, von meinen Meisen auf der Terrasse und wie schnell ich diese Klinik gefunden hatte.

„Maria", sagte Ingrid leise, „wir können im Juni nicht zusammen an die Nordsee fahren, ich werde Chemotherapie bekommen."

„Nicht schlimm, das Hotelzimmer wird storniert, alleine fahre ich auch nicht dorthin", gab ich zur Antwort.

Dann saß ich noch eine Weile still bei ihr, und als die Visite ins Zimmer kam, verabschiedete ich mich von Ingrid.

Zwei Tage später war ich wieder bei ihr und wurde freudig überrascht. Ingrid saß auf ihrer Bettkante und löffelte aus einer Suppentasse.

„Hmm, Spargelsuppe", sagte sie zu mir, „endlich darf ich wieder essen."

Sie sah auch viel besser aus, die Schwellungen waren deutlich zurückgegangen.

„Warum ist dein linker Arm verbunden?", fragte ich. „Dort

haben die Ärzte Haut entnommen und damit die Wunde im Mund verschlossen."

„Klasse, was die Ärzte heute alles möglich machen", meinte ich voller Bewunderung.

Meine Freundin trug immer noch das Krankenhaushemd. Ich machte den Vorschlag, ihr beim Anziehen ihres Schlafanzugs zu helfen. Gesagt und getan, die farbigen Karos standen ihr gut.

Dann zeigte sie mir die zahlreichen Kurznachrichten auf ihrem Smartphone, liebe Genesungswünsche von Freunden und Bekannten.

„Gut, dass wir beide gelernt haben, damit umzugehen", sagte sie lächelnd zu mir, „so sind wir immer miteinander in Verbindung."

„So intensiv wie die Jugend nutzen wir das Handy zum Glück noch nicht", meinte ich lächelnd, und dann erzählte ich ihr von meinen Beobachtungen.

Smarte Medien

„Weiß nicht, keine Ahnung", ließ meine vierzehnjährige Enkeltochter Jackie verlauten, während sie gemeinsam mit ihrem gleichaltrigen Freund Jannis bei mir am Küchentisch saß. Ich beobachtete die beiden unauffällig aus den Augenwinkeln. Sie hielten ihre Smartphones in den Händen und bearbeiteten die jeweiligen Displays mit flinken Fingern. „Warum nicht?", ertönte die Stimme des Jungen, dann wieder Schweigen. Unterhielten die Jugendlichen sich etwa via Handy, während sie einträchtig nebeneinander saßen? Ich konnte es kaum glauben! Da erlebten sie also ihre erste Liebe und hatten keine Hand und kein Auge frei für die schönste aller Beziehungen. Ich erinnere mich noch gut daran, dass Wilm und ich uns ständig anfassen mussten und uns stundenlang in die Augen sahen, natürlich in sehr persönliche Gespräche verwickelt. Aber das ist Jahrzehnte her, viel hat sich seitdem verändert. Die Jugend mag das Smartphone nicht mehr aus der Hand legen. Es begleitet sie überall hin, auch zum Klo und in die Badewanne. So manches Handy wurde dabei schon ertränkt und zog Unsummen für die schleunigste Ersatzanschaffung nach sich. Das Gerät liegt nachts angeschaltet neben dem Kopfkissen, damit auch ja nicht die Nachricht von der besten Freundin verpasst wird, wenn die sich mitten in der Nacht Gedanken macht, wie das Outfit am nächsten Morgen zu gestalten sei. Das Smartphone ist der Götze der jungen Menschen, Idol und Statussymbol,

Identität einer ganzen Generation. Ich habe schon von schweren Entzugserscheinungen gehört, wenn das Handy mal ausgefallen war.

Ich verliere mich in Tagträume und stelle mir die beiden jungen Leute in zwei bis drei Jahren vor:

Sie liegen nebeneinander im Bett und wollen Liebe machen. Doch vorher hält Jannis meiner Jackie das Handy-Display an die ausgestreckte Zunge, um mit Hilfe einer Zyklus-App die Basaltemperatur zu messen. Bei ungünstigen Bedingungen würde dann das Handy an den Kopf in Höhe der Hypophyse gehalten, um die Hormonausschüttung zu drosseln. Hoppla, da ist nun aber die Fantasie ein wenig mit mir durchgegangen, denke ich bei mir. Aber wer weiß denn heute, was morgen schon möglich sein wird. Vielleicht ist die moderne Menschheit dann gar nicht mehr in der Lage, sich auf herkömmliche Art und Weise zu vermehren. Sexualverkehr fände nur noch mit virtuellen Paaren auf dem Monitor statt. Da könnte man ständig die Partner wechseln, ohne das Haus verlassen zu müssen. Im Reagenzglas erzeugter Nachwuchs, genetisch einwandfrei und mit einem Äußeren, das gerade der Mode entspricht, würde die Erde bevölkern. Mit dieser Vorstellung kehre ich gedanklich zurück zu meinen Kochtöpfen.

Die Kinder sind inzwischen aus der Küche verschwunden und machen sich nun im Wohnzimmer an meinem Laptop zu schaffen. Dazu haben sie meine Erlaubnis, man möchte ja, dass sich die Kids bei Oma und Opa wohl fühlen. An Wilms Computer dürfen sie nicht, das wäre zu riskant für die Geschäftsdaten. Nun wummert die neueste Hip-Hop-Musik zu mir herüber, YouTube ist angesagt. Gleich werden sie sicher ihren 920 Facebook-Freunden mitteilen, wo es die angesagtesten Luxus-Leinenschuhe zu ergattern gibt oder erfahren, welchen Lippgloss Rihanna bevorzugt. Immerhin versuche ich, einen vagen

Überblick zu behalten, was die Interessen meiner Enkeltochter angeht.

Weiß Gott will ich die neuen Medien nicht verteufeln. Auch ich habe mir bescheidene Computerkenntnisse angeeignet und bin nun in der Lage, mir abends im Internet Dinge zu bestellen, die ich eigentlich gar nicht brauche.

Wenn ich Glück habe, werden sie dann am nächsten Tag um 14 Uhr angeliefert. Wenn ich Pech habe, klingelt der DHL-Bote schon früh um 7 Uhr.

Aber ich habe ja die Möglichkeit, während der Nacht eine Paketverfolgung zu überwachen, damit ich im Bilde bin, wo sich der ersehnte Gegenstand gerade aufhält. Dies alles ist heutzutage möglich.

Meine heiteren oder nachdenklichen Geschichten bringe ich per Textverarbeitung zu Papier, und dafür brauche ich gar keine Rechtschreibkenntnisse mehr. Das Programm verbessert mich schon, während ich schreibe, nur die Anglizismen checkt es noch nicht. Was hat sich meine Generation mit dem Erlernen der Rechtschreibung abgemüht!

Unseren neuen Fernsehapparat können wir mit Hilfe einer Spracheingabe steuern, dazu müsste nur ein internes Mikrofon aktiviert werden. Aber das hat selbst mein von Technik begeisterter Ehemann nicht zugelassen.

„Du möchtest doch nicht, dass sie uns im Wohnzimmer abhören?", begründete er seine Entscheidung.

Wer interessiert sich für unsere Gespräche?, sinnierte ich.

Früher fanden wir unsere Wegstrecken problemlos ohne Navigationsassistenten. Wobei problemlos nicht ganz richtig ist. Wir verfuhren uns so manches Mal, lernten Gegenden kennen, die wir niemals aufsuchen wollten, aber schön fanden und trafen auf mehr oder weniger ortskundige Mitmenschen, die uns immer bereitwillig und freundlich den Weg erklärten.

Aber nie wieder werden wir dieses Glücksgefühl erleben, das uns durchflutete, wenn wir endlich, nach dem Ansteuern der dritten Tankstelle, auf dem richtigen Weg waren und das Ziel unseres Ausflugs vor Augen hatten.

Heute empfinde ich Stolz und Selbstachtung, wenn es mir im ersten Versuch gelingt, meinem Elektronikwegweiser das Ziel meiner Reise korrekt einzugeben. Wilm probiert die Eingabe seiner Fahrziele mittels Sprachsteuerung. Aber seine Susi versteht ihn nicht richtig, obwohl meine bessere Hälfte laut und deutlich spricht. Als wir neulich das schöne Städtchen Hamm besuchen wollten, verstand Susi immer Hamburg.

Wilm rief, immer lauter werdend: „Hamm, Hamm, H a a a m m m m!", worauf diese überaus freundliche Frauenstimme nur „wie bitte?" antwortete.

Danach gab mein Ehemann erschöpft den Dialog auf und wählte die manuelle Eingabevariante, was glücklicherweise erfolgreich war.

In der Zeit der Wegstreckenprogrammierung wären wir sicherlich fast in Hamm gewesen!, dachte ich im Stillen, hielt aber vorsorglich meinen Mund.

Die schöne Zeit der smarten Medien sollte auch von uns genutzt werden, denn wir sind ja noch lernfähig. Zum Glück!

Kommunikation im Zug

Ich stieg in Dortmund in den Zug ein. Neben mir mühte sich eine junge Frau mit ihrem Buggy ab, und ich half ihr dabei, das Gefährt samt Kind in den Zug zu hieven. Zum Dank fuhr sie mit den Rädern über meinen Hallux valgus und setzte sich mir gegenüber.

„Aua", sagte ich.

Der kleine Junge – ich dachte, es wäre ein Junge, denn er trug einen blauen Anorak – zupfte am Ärmel der Jacke seiner Mutter und zeigte aufs Fenster.

„Da", sagte er.

Anstelle einer Antwort steckte ihm die Mutter einen BVB-Schnuller in den Mund. Auf der Schnullerkette stand in schwarzgelben Buchstaben: B E N.

Dann nahm sie ihr Smartphone aus der Jackentasche und wischte über das Display.

Ich schaute mir die Frau an. In ihren Ohren steckten weiße Stöpsel, aus denen Kabel herunterhingen und am Handy zusammenfanden. Wie Eileiter zur Gebärmutter, dachte ich und schmunzelte über meinen Vergleich.

„Mama, da, da", sprach das Kind, nachdem es den Schnuller ausgespuckt hatte, und zeigte auf die klappernde Waggontür.

Seine Mutter schaute nicht auf, sie hatte nichts gehört. Ich betrachtete ihr hübsches Gesicht, dessen Ebenmäßigkeit durch allerhand Piercings gestört wurde. In die feingeschwungenen

Brauen klammerten sich mehrere krampenartige Gebilde. Die zierliche Nase wurde von einem Ring verunstaltet, der zwischen den Nasenlöchern prangte und mir ein Bild vor Augen führte, auf dem unser Zuchtbulle an einem solchen Ring, natürlich entsprechend größer, zur Kuh geführt wurde. Ich komme aus der Landwirtschaft.

Die volle Unterlippe umrundete ein Ring, auf dem ein blauer Stein glitzerte und unterhalb der Lippen ragte ein kegelförmiges Piercing, gleich einem silbernen Pickel, aus dem Gesicht. Ich stellte mir vor, wie diese Frau mit ihrem Kind schmuste, es küsste und knuddelte, wie Mütter das tun. Wie groß ist die Verletzungsgefahr?

„Mama, da", machte sich das Kind bemerkbar und zeigte auf mich.

Die Mutter tippte irgendetwas ein, sie erwiderte nichts.

„Ich bin eine Tante", erbarmte ich mich und lächelte.

Der Kleine sah mich aufmerksam an und ließ ein „Tata" verlauten.

„Wir fahren mit der Eisenbahn, sch, sch, sch."

Das Kind strahlte.

„Wir fahren mit der Eisenbahn und DU fährst mit", teilte ich ihm in einer Art Singsang mit. Dabei tippte ich dem Kleinen bei DU auf die Brust.

„Benny mit, Benny mit", gluckste das Kind.

„Ich heiße Mia und du heißt Benny", machte ich mit meiner kleinen Unterhaltung weiter.

Der Kleine zog an der Jacke seiner Mutter. Dabei fiel der Stöpsel aus ihrem linken Ohr und Musik dröhnte mir entgegen.

„Mama, Mia", brabbelte der Kleine und zeigte auf mich.

Erstaunt blickte die Frau auf, dann machte sie ein Foto von ihrem Kind. Anschließend steckte sie den Stöpsel zurück ins

Ohr und tippte auf das Display. Wahrscheinlich lud sie das Foto bei Facebook hoch.

Benny zeigte auf meine Handtasche: „Mia, da?"

Ich öffnete die Tasche, fand ein Stofftaschentuch und schnäuzte hinein.

„Hatschi, hatschi, hatschi!", machte ich theatralisch.

Der Kleine lachte laut.

„Das ist ein Taschentuch."

„Tatatu", bemühte sich der Junge.

„Das nimmt man für die Nase", erklärte ich und tippte dabei auf meine Nase. Sofort fasste sich das Kind an die Nase und plapperte: „Benny Nase da!"

Ich freute mich, fand Gefallen an der Sache. Weitere Körperteile wurden auf diese Weise durchgenommen und von dem Kleinen nachgesprochen. Besser gesagt, er versuchte es, mal mehr, mal weniger erfolgreich. Dabei sah man ihm den Spaß an den Sprechübungen an, er strampelte vor Freude mit Armen und Beinen.

Die Mutter schaute nicht auf, sie redete leise; doch nicht zu ihrem Sohn oder zu mir. Sie sprach ins Handy.

Der Zug hielt in Kamen und die Frau stand auf. Ich zog meine Füße zurück. Eilig verließ sie mit ihrem Kind den Zug.

Benny schaute sich nach mir um: „Mia mit!"

Ich winkte ihm zu: „Tschüss, Benny!"

Am Bahnhof nahm ein junger Mann in zerrissenen Jeans die beiden in Empfang. Er umarmte die Frau, ging dann in die Hocke und sprach zu dem Kind.

„Gott sei Dank!", dachte ich.

Ingrid war dabei

Eine Woche später war Ingrid wieder zuhause, nur zum Verbinden fuhr sie ins Krankenhaus. Ihr Mann Konrad begleitete sie dorthin. Sie selber durfte noch kein Auto fahren.

Als ich sie Anfang Juni auf dem Bauernhof besuchte, sah sie fast so aus wie vor der Operation. Um den Hals hatte sie locker einen farbenfrohen Schal geschlungen, der ihr prima stand. Begeistert erzählte sie mir, wie viele Aufgaben ihr Mann übernommen hatte.

„Konrad ist richtig ordentlich beim Wäsche aufhängen. Er kauft ein, räumt auf, bezieht die Betten und hilft mir beim Anziehen. Ich hätte nie gedacht, dass alles so gut klappt. Zum Glück kann ich wieder selber das Essen kochen!"

Ich wusste, wie wichtig das für sie war. Ingrid war eine hervorragende Köchin, oft genug hatte es Kostproben dieses Könnens gegeben.

Danach erfuhr ich die Negativnachrichten: Meine Freundin wurde auf Bestrahlung und Chemotherapie vorbereitet. Das hieß, die Zähne im Unterkiefer sollten alle gezogen werden, für die Zunge wurde ein Strahlenschutz angepasst und für den Kopf eine Maske, die eine punktgenaue Bestrahlung gewährleisten sollte. Die Termine waren über den ganzen Sommer vorgesehen, abwechselnd ambulante Chemo- und Strahlentherapie.

„Ich werde mit dem Taxi gefahren", sagte Ingrid zu mir, „da ist Konrad entlastet."

„So, jetzt weißt du, wie es aussieht!" Sie sah mich forschend an, überzeugte sich, ob ich verstanden hatte.

Ich nahm sie vorsichtig in die Arme, sie war so groß und kräftig, gar nicht zerbrechlich. Unwillkürlich erinnerte ich mich daran, wie sie auf Sylt mit dem Fahrrad in einem enormen Tempo vor mir her gefahren war. Heftig auf die Pedalen tretend, der ganze Körper in Bewegung.

Ich schaffte es damals kaum, ihr zu folgen, denn mein Zigarettenkonsum nahm mir die Luft. Laut keuchend und schwitzend versuchte ich, Anschluss zu halten. Ingrid hatte immer Sport getrieben, Tennis, Schwimmen, Rad fahren. Im Winter fuhren Konrad und sie zum Skifahren nach Österreich. Sie war körperlich in Top-Form. Das würde ihr sicher helfen.

Ende Juni trafen wir Meisterinnen uns bei Karin auf dem Hof. Um den großen Esstisch saßen vierzehn Frauen, die sich wieder einmal viel zu erzählen hatten. Reihum veranstalteten wir drei Treffen im Jahr, fast immer waren wir vollzählig versammelt. Auch Ingrid ließ es sich nicht nehmen, dabei zu sein.

Sie sprach offen über ihre Erkrankung und über die Behandlungen, die auf sie zukamen. Ich sah die Betroffenheit in den Gesichtern der anderen Frauen, es war auf einmal ganz still.

Meine Freundin ließ sich schon früh wieder von Konrad abholen, einen ganzen Abend konnte sie noch nicht durchhalten, aber sie war dabei gewesen.

Auf dem Heimweg hörte ich im Radio von einem anderen tragischen Fall.

Sommerhitze

Sven Behrends quälte sich schlaftrunken aus dem Bett. Er hatte die ganze Nacht keine Ruhe gefunden, denn Sabine, seine Frau, war ständig ins Bad gerannt, um sich zu übergeben. Ihr erbarmungswürdiges Würgen hatte ihn immer wieder geweckt. Sven schlief in letzter Zeit sowieso schlecht. Er machte sich große Sorgen: Der Baumarkt, in dem er in der Holzabteilung arbeitete, steckte in einer tiefen Krise, hinter vorgehaltener Hand munkelte man gar von Insolvenz. Sven hatte seiner Frau noch nichts von den Befürchtungen erzählt, Sabine geriet immer schnell in Panik.

„Guten Morgen, Schatz, geht es dir besser?", fragte Sven, als er in die Küche kam.

Sabine sah ihn blass und mitgenommen an.

„Ich hätte den Kartoffelsalat nicht mehr essen dürfen", sagte sie, „du weißt, wie schnell alles verdirbt bei dieser Hitze."

Es war Mitte Juli, und sie hatten schon seit Tagen eine Hitzewelle, die die Temperatur im Tagesverlauf auf 30 Grad im Schatten ansteigen ließ.

„Ich melde mich krank und leg mich gleich wieder hin, kannst du Paula in die Kita bringen?", fragte Sabine.

„Klar doch, mach ich", war Svens Antwort.

Die zweijährige Paula saß in ihrem Hochstuhl und patschte mit ihrem Löffel in der Schale Cornflakes mit Milch herum.

„Mach dich nicht schmutzig, Herzchen, sonst muss ich dich

35

wieder umziehen!"", wandte sich Sabine liebevoll an ihr Töchterchen, und sprach, an Sven gewandt, weiter. „Ich setze die Kleine schon ins Auto, da schläft sie bestimmt gleich wieder ein.""

„Hmm", ließ dieser sich vernehmen, während er zeitungslesend seinen Kaffee trank. Er hatte gar nicht richtig zugehört.

Als er die Küche verließ, hatte sich Sabine schon wieder hingelegt.

Sobald Sven am Steuer saß, kehrten seine düsteren Gedanken wieder: Können wir die Raten für die Eigentumswohnung noch bezahlen, wenn ich arbeitslos werde? Sabine verdient mit ihrem schlecht bezahlten Halbtagsjob in der Kantine nicht viel. Vielleicht sollte ich mich schon woanders bewerben, grübelte er, aber wo? Heute abend hatten sie eine Mitarbeiterversammlung anberaumt, würden sie da die Insolvenz bekanntgeben?

Seine Negativgedanken überschlugen sich:

Die Türen für Herrn Walter sind falsch geliefert worden, bestimmt schiebt man wieder mir die Schuld in die Schuhe. Dabei weiß ich ganz genau, dass ich Buche bestellt habe. Und was haben sie geliefert? Zehn Innentüren in Eiche hell. Herr Walter wird toben, immerhin ist er unser bester Großkunde. Wenn wir den auch noch verlieren! Ob die Anschläge richtig sind, habe ich noch gar nicht kontrolliert.

Solcherlei Probleme wälzte Sven in seinem Kopf herum, während er gedankenverloren auf den Parkplatz vom Baumarkt einbog. Auf dem Mitarbeiterparkplatz parkte er zwischen den Autos seiner Kollegen ein und schloss beim Weggehen den Wagen ab, ohne sich nochmal umzudrehen. Er verschwand im Mitarbeitereingang.

Paula rieb sich schlaftrunken die Augen, dann blickte sie sich um. Sie saß in Papas Auto, aber Papa war nicht da. Vielleicht stand er draußen, aber draußen standen ganz viele Autos, kein Papa zu sehen.

„Papa, Papa!", rief sie.

Auf seinem Weg in die Holzabteilung lief Sven seinem Kollegen Axel über den Weg.

„Morgen, Sven, meinst du, wir erfahren heute abend, ob hier bald das Licht ausgeht?"

„Könnte sein, aber vielleicht findet sich ja ein Investor", meinte Sven, „trotzdem werden einige von uns gehen müssen."

Dann mussten sie ihre Unterhaltung unterbrechen, denn der erste Kunde steuerte auf sie zu und wollte wissen: „Wo finde ich hier die passenden Dübel für diese Schraube?" Dabei hielt er Axel ein großes Exemplar vor die Nase.

Svens Kollege verschwand mit dem Herrn in den langen Gängen des Marktes.

Paula weinte und brüllte nach ihrer Mama. Ihr war furchtbar heiß und sie hatte großen Durst.

Mama war immer gekommen, wenn sie so schlimm weinen musste, aber jetzt kam Mama nicht, Papa auch nicht! Ihr Kleid war schon ganz nass von den vielen Tränen, und der Kopf tat ihr weh.

Während Sven in der Holzabteilung die Anschläge der Eichentüren für Herrn Walter überprüfte, dachte er sich eine Strategie aus, mit der er den Kunden von der Abnahme der Falschlieferung überzeugen könnte: Buche nimmt heute kein Mensch mehr, Eiche ist wieder voll im Trend, ist auch viel solider und haltbarer, sicher kann ich beim Preis noch etwas machen.

So wollte er argumentieren und verhandeln. Immerhin waren die Türanschläge korrekt: vier Türen mit Rechtsanschlag und sechs Türen mit Linksanschlag. Das lief oft schon bei der Bestellung falsch. Sven versuchte, sich zu entspannen, aber warum überkam ihn plötzlich das Gefühl, etwas vergessen zu haben?

Paula war vom Weinen erschöpft, sie gab nur noch ein Wimmern von sich, das von Schluchzern unterbrochen wurde. In ihrem Kopf summte es so komisch, und dann musste sie spucken. Nun war der Durst übermächtig.

Kollege Axel tauchte wieder in der Holzabteilung auf und wischte sich mit einem Taschentuch die Stirn ab.

„Heute wird es einem schon beim Laufen durch die Gänge zu warm", stöhnte er, „wenn keine Versammlung wäre, dann würde ich heute abend mit meiner Frau ins Freibad gehen. Hast du übrigens schon mit deiner Frau über die schlechte Lage hier gesprochen?"

Mit Sabine?, dachte Sven. Sabine war krank!

Plötzlich durchfuhr ihn eine schreckliche Erkenntnis: Paula!

Sein Adrenalinspiegel kochte hoch, kurz setzte sein Herz aus, um darauf mit mächtigen Hammerschlägen loszulegen. Und schon rannte Sven durch den Laden zum Hinterausgang, hinaus ins Freie, quer über den Parkplatz.

„Lieber Gott, lass sie am Leben sein!" Ein Stoßgebet, ein Keuchen, ein Dröhnen in den Ohren.

Dann war er an seinem Wagen und schloss auf. Paula hing schlapp in ihrem Sitz, den hochroten Kopf zur rechten Seite geneigt. Als der Vater sie heraushob und an sich riß, schaute das Kind mit verquollenen Augen auf: „Papa, Paula Aua Kopf!"

Dann wurde sie ohnmächtig.

Er rannte mit dem schweißnassen Töchterchen in die Eingangshalle und schrie: „Notarzt, Krankenwagen, mein Kind stirbt!"

Sofort hatte die Kollegin an der Information das Telefon in der Hand.

Später, im Rettungswagen, saß Sven weinend und zitternd am Kopf seiner Tochter. Der Notarzt hatte bei Paula eine Infusion gelegt und überwachte die Vitalwerte. Ein Sanitäter machte kühlende Umschläge. Der Wagen raste mit Blaulicht und Martinshorn durch die Stadt, und Sven war kurz vor einem Zusammenbruch. Da legte der Arzt ihm eine Hand auf die Schulter: „Die Kleine wird durchkommen, das verspreche ich Ihnen. Nur, wie konnten Sie bloß Ihre Tochter im Auto lassen, bei dieser Hitze?"

Sven fand keine Erklärung dafür. Niemals würde er es sich verzeihen, dass er sein geliebtes Kind im Auto vergessen hatte. Und Sabine? Er musste jetzt dringend seine Frau benachrichtigen.

Würde sie ihm jemals vergeben können?

Ingrids Sommer

Die schönen Sommermonate gingen für Ingrid mit Strahlen-
und Chemotherapie dahin. Ich besuchte sie nur an Tagen, an
denen sie nicht in die Klinik fuhr. Sie war so müde danach
und legte sich dann immer hin. Ansonsten vertrug sie diese
Torturen ganz gut, die Übelkeit hielt sich in Grenzen und ihre
Haare dünnten nur leicht aus. Die Narben am Hals und über
der Brust waren gut verheilt, schränkten sie aber bei Arm- und
Kopfbewegungen ein. Der linke Unterarm heilte sehr langsam
ab, durch den Verband sickerte immer noch Sekret. Mir wurde nie ganz klar, was man dort gemacht hatte, aber ich fragte
nicht nach. Ingrid beklagte sich nie, sie war die geduldigste
Patientin, die ich je kennengelernt hatte. Manchmal fielen
die Behandlungen aus. Mal war das Bestrahlungsgerät defekt,
mal gab es Personalmangel wegen der Ferienzeit. Dann wieder
war der Onkologe im Urlaub, der wegen der Blutwerte befragt
werden sollte. In diesen Fällen war Ingrid ärgerlich, sie wollte
die Therapie ohne Verzögerung durchziehen, je schneller desto
besser. An meinen Geburtstag am 8. Juli dachte sie nicht, was
ich ihr aber nicht übel nahm. Sie hatte den Kopf bestimmt
übervoll mit angstvollen Gedanken.
   Wenn wir bei einem Kaffee beisammen saßen, kam manchmal die hochschwangere Schwiegertochter dazu. Im September wurde der kleine Junge erwartet, und meine Freundin freute sich riesig auf dieses Ereignis. Ich glaube, das gab ihr auch

Kraft für die schlimmen Behandlungen. Ingrid erhielt große Unterstützung aus dem Freundeskreis, sie bekam viel Besuch, man brachte Blumen oder Bücher mit und hatte Zeit. Ingrid wunderte sich manchmal darüber und meinte: „Ich hätte nie gedacht, dass so viele Menschen an mich denken."

In ihrer Bescheidenheit hatte sie sich nie in den Vordergrund gedrängt.

Das sehnsüchtig erwartete Enkelkind bescherte uns reichlich Gesprächsstoff.

„Wie war denn deine erste Schwangerschaft und die Entbindung?", wollte Ingrid von mir wissen.

Das Ende der Unbeschwertheit

In letzter Zeit denke ich immer öfter zurück an den nasskalten Januartag des Jahres 1969, der meinem unbeschwerten Teenagerleben eine einschneidende Wendung gab.

Wahrscheinlich liegt es an meinem fortgeschrittenen Alter, dass ich meine Lebenserinnerungen auf den Prüfstein lege, sie durchleuchte, analysiere und Schlüsse ziehe. Ich habe damals die richtige Entscheidung getroffen, aber hatte ich überhaupt die Möglichkeit zu wählen? Oder war alles Schicksal?

Meine Erinnerungen sind so deutlich, als wäre alles erst gestern gewesen:

Ich klemmte mir meine braune Collegemappe fest unter den linken Arm, steckte beide Hände tief in die Taschen meines Wollmantels und lief zügig durch die Stadt. Durch das schnelle Laufen ließ das Zittern meiner Beine etwas nach, aber in meinem Kopf pochte der Herzschlag genauso dröhnend wie in meiner Brust. Ich war auf der Suche nach einem stillen Platz, um in Ruhe den Briefumschlag zu öffnen, der zwischen den Schulbüchern in der Mappe steckte.

Die Kleinstadt, jetzt Ende Januar, zeigte sich fast menschenleer, denn der eisige Nordostwind ließ die Bewohner am Nachmittag nur das Notwendigste erledigen. Zum Glück war bisher wenig Schnee gefallen, den der Wind zu meterhohen Wehen hätte auftürmen können. Trotzdem war das öffentliche Leben hoch oben im rauen Norden der Republik in Winterruhe erstarrt.

Ich lief außer Atem auf die Nikolai-Kirche zu. Hinter dem ehrwürdigen Backsteinbau war ein kleiner Park mit alten Rotbuchen und einer hölzernen Bank. Hier habe ich sonntags oft mit Wilm gesessen, wenn wir unsere Ruhe haben wollten und zwischen die Bäume hindurch auf den Schleihafen mit seinen bunten Fischerbooten geschaut. Nur das Geschrei der Möwen störte hin und wieder unsere Gespräche. Wilm hatte mir von seinem Leben in Westfalen erzählt und seine Pläne für die Zukunft geschildert. Ich kam darin vor. Wir hatten uns vor einem Jahr in der Landjugendgruppe kennen gelernt und sofort ineinander verliebt. Wilm hatte seine Ausbildung zum Landwirt schon erfolgreich abgeschlossen, war aber meinetwegen in seinem Lehrbetrieb geblieben, denn es gab genug Arbeit in der Landwirtschaft. Mit seinen 20 Jahren hatte er noch genug Zeit, um Erfahrungen zu sammeln, bis er den elterlichen Hof übernehmen sollte. Er fühlte sich in meiner Familie wohl und verbrachte seine Freizeit sehr oft bei uns zuhause. Meine Mutter verwöhnte ihn mit seiner Lieblingswurst mit Ketchup. Ja, ich kann sagen, die Ketchupflasche auf dem Esstisch hat Wilm bei uns eingeführt. Mein Vater genoss es, endlich einen Partner für eine Partie Schach gefunden zu haben, und mein fünfjähriger Bruder Michael hatte jemanden zum Toben.

Ich machte im großen Möbelhaus der Stadt seit zwei Jahren eine Ausbildung zum Bürokaufmann. Leider lernte ich sehr wenig dort, denn im Büro gab es schon zwei ausgebildete Kräfte, die mich nicht an die wichtigen Dinge heranließen. Ich vertrödelte meine Zeit mit der Ablage und dem Austragen von Rechnungen. Wenn im Geschäft viel los war, durfte ich auch schon mal Möbel verkaufen, was mir großen Spaß machte, denn ich hatte ein Gespür für den Geschmack der Kunden. In der Berufsschule schrieb ich gute Noten, und ich hoffte, meine Prüfung im Dezember mit einem gutem Ergebnis zu bestehen. Ich war fest entschlossen, die Weichen für ein erfolgreiches Berufsleben zu stellen. Dann könnte ich im nächsten Jahr, wenn ich 18 wäre, auch gleich die Führerscheinprüfung machen und für ein eigenes Auto sparen. Wilm unterstützte mich in meinen Plänen, denn er wünschte sich eine gut ausgebildete Frau, die er einmal mit auf seinen Hof nach Westfalen nehmen wollte.

Doch zunächst wollten wir unsere Jugend genießen und eine unbeschwerte Zeit miteinander verbringen. Wir freuten uns auf Landjugendfeste und Kinobesuche, auf die ersten Diskoabende, auf Badefreuden im Sommer in der nahen Ostsee und all die schönen Dinge, die Jungverliebte miteinander tun. Wir waren glücklich!

Ich legte meine Mappe auf die Bank, setzen wollte ich mich aber nicht. Das Holz glitzerte nach gefrorener Feuchtigkeit. Zwischen den Schulbüchern suchte ich mit zitternden Händen nach dem Briefumschlag, der mir in der Löwenapotheke ausgehändigt worden war. Die Apothekerin hatte mich mitleidig angeschaut, oder hatte ich mir das nur eingebildet? Ich war gleich nach Beendigung des Berufsschulunterrichts losgelaufen, um das Ergebnis der Urinuntersuchung abzuholen. Die Probe hatte ich vor drei Tagen dort abgegeben, als ich wie jeden Morgen die Post für meinen Chef holen musste. Das Postamt lag direkt neben der Apotheke. Wie günstig!

Nun öffnete ich den Umschlag und zog ein kleines weißes Blatt heraus, das nicht größer als ein Arztrezept war. Ich spürte meinen tosenden Herzschlag in der Brust, am Hals und an den Schläfen. Mir wurde schwindelig, aber irgendwie schaffte ich es dann doch, auf das Blatt zu schauen. *Das Ergebnis des Schwangerschaftstests ist positiv,* stand dort unbarmherzig. Und in

Klammern, als ob positiv nicht schon aussagekräftig genug wäre: Es besteht eine Schwangerschaft! Mir war, als wenn der Boden unter meinen Füßen wegbräche. Ich hatte so sehr gehofft, dass es nicht wahr wäre, dass sich alles zum Guten wenden könnte.

Ich hatte zwar schon eine Befürchtung gehabt, als meine Periode im vergangenen Dezember ausblieb, aber die hatte sich schon öfter verspätet.

„Dein Körper ist noch nicht ausgereift, Maria", meinte mein Hausarzt zu mir, als ich ihn vor einigen Monaten um ein Rezept für die Antibabypille bat. „Warte, bis du 18 Jahre alt bist!"

Nun war ich alt genug für eine Schwangerschaft! Ich begann zu rechnen, wann der Geburtstermin wohl wäre. Dafür nahm ich meine Finger zur Hilfe und sprach das Ergebnis leise vor mich hin: „Im August werde ich ein Baby bekommen."

In Gedanken sah ich mich ein süßes Baby in meinen Armen wiegen und hatte ein warmherziges Gefühl dabei. Doch gleich darauf ergriff wieder Panik von mir Besitz und breitete sich körperlich spürbar aus: Wie wird Wilm es aufnehmen, wird er zu mir stehen? Was werden die Eltern sagen, werden sie mich unterstützen oder im Stich lassen? Ich muss es dem Chef beichten, und was wird aus meiner Prüfung im Dezember?

Eine uneheliche Schwangerschaft ist eine große Schande für die Familie, die Leute werden sich die Mäuler zerreißen, wurde mir glasklar bewusst. Zu oft hatte ich hämische Bemerkungen und Schadenfreude über sogenannte Muss-Eheschließungen mitbekommen. Die Eltern der jungen Paare fürchteten immer noch die Konsequenzen des Kuppelei-Paragraphen. Unverheiratete Paare hatten kaum Chancen, eine eigene Wohnung zu mieten. Die ganzen Fragen begannen in meinem Kopf zu kreisen, wieder und wieder, sie zeigten mir unerbittlich meine ausweglose Situation an.

Ich war verzweifelt und allein.

Meine Mutter hatte mir von Frauen berichtet, die eine ungewollte Schwangerschaft mit Hilfe von Stricknadeln beendet hatten. Allzu oft war es schief gegangen, sie waren verblutet oder konnten nie mehr Kinder bekommen. Mit Schaudern dachte ich daran. Ich hatte auch von illegalen Abtreibungen gehört, die im Ausland möglich waren, aber viel Geld kosteten. Was sollte ich nur tun?

Mit der Mappe unterm Arm ging ich die uralten Natursteinstufen zum Hafen hinunter.

Das Schleiufer war menschenleer, nur auf den Heringszäunen rasteten wie eh und je die Möwen.

Ich trat an den Rand der Förde und schaute ins trübe Wasser, ein seichter Wellenschlag klatschte an die Mole. Da kam mir ein furchtbarer Gedanke: Wenn ich jetzt hier in die eiskalte Schlei springe, dann sind alle Probleme gelöst!

Aber damit würde ich meinen Eltern und Wilm ja noch mehr Kummer machen, sie liebten mich doch!

Auf einmal wurde ich ganz ruhig: Nein, ich werde mein junges, siebzehnjähriges Leben nicht wegwerfen, es gibt immer einen anderen Weg. Zuallererst werde ich mit Wilm reden, er ist ja schließlich auch beteiligt. Dann müssen wir es unseren Eltern erzählen, ob wir wollen oder nicht. Das alles wird nicht leicht werden, aber wir werden es durchstehen.

Mit diesen Gedanken im Kopf ging ich zum Bahnhof – inzwischen war es dunkel geworden – und stieg in den Zug zu meinem Heimatdorf ein. Im Winter nahm ich manchmal die Bahn, wenn das Wetter zum Fahrradfahren zu ungemütlich war.

Als ich um 17 Uhr den Zug wieder verließ, um nach Hause zu laufen, kam mir auf dem Bahnsteig die Person entgegen, die ich so dringend brauchte.

„Wilm, woher wusstest du, dass ich jetzt ankomme?"

„Ich habe mir heute nachmittag frei genommen, um dich abzuholen, bin schon seit einer Stunde hier und warte auf dich. Irgendwann musstest du ja ankommen. Hast du das Ergebnis mitgebracht?"

Endlich war ich nicht mehr allein mit meiner Not, endlich konnte ich alles loswerden, was so erdrückend auf mir lastete. Endlich konnte ich in seinen Armen losheulen.

Wilm war richtig schockiert darüber, dass er Vater werden sollte, was ja auch nicht verwunderte. Aber er versprach mir, zu mir zu halten und alles gemeinsam mit mir durchzustehen.

„Ich möchte so einen süßen kleinen Sohn haben, wie dein kleiner Bruder Michael einer ist und er soll genau so heißen", vertraute Wilm mir an und nahm meine Hand. Gemeinsam gingen wir durch den dunklen Januarabend meinem Elternhaus entgegen, fest entschlossen, schon gleich die erste Beichte abzulegen.

Mütter Anno 1969

Über dreißig Prozent der heutigen Geburten sind Kaiserschnitt-entbindungen, und die Frauen, die ihre Kinder auf natürlichem Wege gebären, genießen eine optimale und mitfühlende Betreuung. Sie können die unterschiedlichsten Gebärpositionen einnehmen, das Kind in der Badewanne, im Bett oder auf dem Hocker bekommen. Werdende Mütter bringen wie selbstverständlich die werdenden Väter mit in den Kreißsaal, die zukünftigen Großmütter oder die beste Freundin. Manchmal auch alle zusammen. Sie sind nie alleine mit ihren Schmerzen und Unsicherheiten.

Mir ging es bei der Geburt meines ersten Kindes im Sommer 1969 noch ganz anders: Ich hatte eine problemlose Schwangerschaft gehabt, lediglich die Hitze des Sommers 69 setzte mir zu und ließ hin und wieder meinen Kreislauf absacken. Trotzdem erledigte ich auf dem Bauernhof meiner Schwiegereltern alle in Haushalt und Garten anfallenden Arbeiten, nur zum Melken in den Kuhstall durfte ich nicht. Meine Schwiegermutter hatte Angst davor, dass eine Kuh nach mir treten könnte.

Mein Mann Wilm und ich hatten sehr jung geheiratet. In den vergangenen Wochen hatte ich an einem Geburtsvorbereitungskurs teilgenommen und gelernt, welche Körperhaltung man bei den Presswehen einnehmen sollte.

Am Abend des 26. August setzten die Wehen ein, zehn Tage vor dem errechneten Termin.

„Sind diese Bauchschmerzen auch tatsächlich Wehen?", fragte ich meine Schwiegermutter.

Sie war sich auch nicht sicher und riet zu einer Fahrt ins Krankenhaus.

„Du kannst ja wieder nach Hause kommen, wenn es falscher Alarm war", meinte sie zweifelnd.

Zu gerne hätte ich daraufhin meine Mutter gefragt, traute mich aber nicht, sie so spät noch anzurufen.

Begleitet von Ehemann und Schwiegermutter kam ich gegen 22 Uhr in der Klinik an.

Die diensthabende Hebamme untersuchte mich kurz und teilte mir knapp mit: „Das Kind kommt, aber das dauert noch." Und an die Nachtschwester gewandt: „Erstgebärende, leg sie auf Zimmer 8!"

Mein Familienanhang wurde daraufhin resolut nach Hause geschickt, kaum dass ich mich verabschieden konnte.

„Sie können hier sowieso nichts machen, wir rufen sie an!"

Auf Zimmer 8 erhoben sich vier Frauenköpfe von ihren Kissen und schauten mich aus verschlafenen Augen neugierig an. Ich suchte mir das verwaschene Nachthemd aus der Tasche, das mir meine Mutter geschickt hatte. *Ich habe es bei deiner Geburt getragen, Maria, es wird Dir Glück bringen,* hatte sie dazu geschrieben.

Beim Umziehen erfasste mich eine heftige Schmerzwelle, die vom Bauch in den Rücken zog. Stöhnend legte ich mich in das freie Bett. Die Nachtschwester löschte das Licht und ging aus dem Zimmer.

Ich kam mir elend und verloren vor, das Wort „Erstgebärende" hatte aus dem Mund der Hebamme wie ein Schimpfwort geklungen. Angst kroch in mir hoch.

Immer stärker wurden die Schmerzen, sie verebbten und kehrten kurz darauf heftiger zurück. Ich wimmerte leise. Die

Frau im Bett rechts von mir machte ihr Nachtlicht an und drückte auf einen Knopf.

Sofort kam die Nachtschwester ins Zimmer gerauscht: „Wo brennt's denn?"

„Bringen Sie die Neuaufnahme in den Kreißsaal", sagte meine Nachbarin, „sie hat schon Presswehen."

„Danke", flüsterte ich leise nach rechts.

„Alles Gute", kam zurück.

Ich wurde in meinem Bett über den Flur geschoben und in einen großen, weißgekachelten Raum hineingefahren. Mit Hilfe der Schwester wechselte ich auf eine schmale Liege und wurde mit einem dünnen Laken zugedeckt. Ich fröstelte.

Dann verließ die Nachtschwester den Saal. Ich war nun ganz allein und die Schmerzen wurden von Wehe zu Wehe unerträglicher.

An der gegenüberliegenden Wand, direkt in meinem Blickfeld, hing eine große Uhr. Sie zeigte 23.05 Uhr an, und der Sekundenzeiger rückte unerbittlich vor: Tack, tack, tack. Mein Herzschlag passte sich dem Rhythmus an und dröhnte mir laut in den Ohren. Ich dachte an meine Mutter, sehnte sie inbrünstig herbei. Dabei strich ich über den verblichenen gelben Baumwollstoff meines Nachthemds. Die ehemals bunten Schmetterlinge dar-auf hatten ihre Farben eingebüßt, aber sie trösteten mich ein wenig.

Da zerriss eine gewaltige Schmerzwoge mein Innerstes. Gleichzeitig lief Flüssigkeit aus mir heraus, und ich schrie laut auf: „Mutti, hilf mir!"

Mein Schrei hatte die Hebamme auf den Plan gerufen, sie kam angerannt und geriet sogleich in Hektik.

„Der Kopf ist zu sehen, rufen sie den Arzt an!", rief sie der Schwester zu, die sich ebenfalls in den Kreißsaal bemüht hatte.

Dann ging alles ganz schnell, nach wenigen Presswehen kam

mein Kind auf die Welt. Die Hebamme hob es an den Füßen hoch und verkündete: „Es ist ein Junge, herzlichen Glückwunsch!"

Zum Abnabeln legte sie das Baby zwischen meine Beine, und ich musste den Oberkörper anheben, um es zu sehen. Dann wurde mein Sohn zum Wickeltisch gebracht. Er schrie wie am Spieß, wollte bei mir bleiben. Ich konnte nur zuschauen, wie er gesäubert, gewogen und gemessen wurde. Niemand hatte mir mein Kind auf den Bauch gelegt. Ich konnte es nicht in die Arme nehmen, es begrüßen, liebkosen, ihm erste Worte sagen und seinen Namen.

Wilm und ich hatten *Michael* ausgesucht, wenn es ein Junge würde. Ich traute mich nicht, aufzubegehren, fühlte mich unsicher und hilflos. Wer hätte mir helfen sollen?

Eine junge Schwester, ich glaube die Säuglingsschwester, kam in den Kreißsaal und nahm meinen Sohn mit.

Dann war auf einmal ein Arzt im Kreißsaal. Ich kannte ihn nicht. Er machte sich an mir zu schaffen, drückte auf meinen Leib und etwas aus mir heraus. Danach vernähte er ohne viel Erklärungen meinen Dammriss.

Währenddessen telefonierte die Hebamme.

Ich hörte sie sagen: „Um 23.25 Uhr hat ihre Frau einen gesunden Jungen zur Welt gebracht, er wiegt 3250 Gramm und ist 51 Zentimeter groß. Es war eine schnelle und leichte Entbindung. Ihrer Frau geht es gut, jung müsste man sein! Herzlichen Glückwunsch!"

Ich wurde wieder auf Zimmer 8 gebracht. Hier schliefen nun alle Frauen. Nur ich fand keinen Schlaf, hatte Bauchschmerzen und dachte an meinen Sohn.

Um 6 Uhr in der Frühe ging das Licht an. Die Säuglingsschwester brachte die Babys zu ihren Müttern, eines nach dem anderen. Die meisten schrien.

Es war Stillzeit. Ich ging leer aus.

„Wann bekomme ich mein Kind?", wagte ich zu fragen.

Darauf die Säuglingsschwester: „Später, sie haben ja doch noch keine Milch."

Dabei war das Nachthemd meiner Mutter vorne schon ganz nass.

Nach dem Frühstück erschien aufgeregt mein Mann mit roten Rosen. Er nahm mich in die Arme und berichtete mir stolz, dass er unseren Sohn schon gesehen hätte. Hinter der Glasscheibe hatte die Schwester ihn kurz hochgehalten. Das war alles.

Und ich? Ich war traurig! Wilm musste wieder hinaus aus dem Zimmer, denn die Babys kamen zum Stillen.

Inzwischen war es 10 Uhr, und die Hoffnung, endlich mein Kind in den Armen zu halten, wurde wieder enttäuscht. Ich begann lautlos zu weinen. Vielleicht fehlte dem Baby etwas, womöglich war es gar nicht gesund!

Die Rettung nahte mit der Visite, mit meinem guten väterlichen Frauenarzt, der sofort bemerkte, dass es mir nicht gut ging.

„Warum weint diese junge Mutter, sie sollte doch glücklich strahlen über ihr gesundes Kind?", fragte er, halb zu mir gewandt, die Stationsschwester.

„Sie bringen mir mein Baby nicht", schluchzte ich verstört, „ich habe es noch gar nicht richtig gesehen!"

„Bringen Sie der Frau augenblicklich ihr Kind", schnauzte der Doktor die Schwester an, „wollen sie riskieren, dass sie Fieber bekommt?!"

Wenige Minuten später hielt ich endlich meinen winzigen Sohn in den Armen. Überglücklich flüsterte ich seinen Namen und streichelte sein Gesicht und die kleinen Händchen. Sofort umklammerte er meinen kleinen Finger und schlug die Augen auf. Alles war gut.

Am Nachmittag, zur Besuchszeit, kam der frischgebackene Vater mit seiner Mutter im Schlepptau an.

„So hübsch wie Wilm als Baby sieht der kleine Michael auch aus", schwärmte meine Schwiegermutter von ihrem neugeborenen Enkel.

„Heute morgen rief deine Mutter an", berichtete mir Wilm. „Sie hatte in der Nacht von dir geträumt, ohne zu wissen, dass du schon in der Klinik warst. Bevor ich ihr erzählen konnte, dass sie Oma geworden ist, fragte sie mich: ‚Geht es Maria nicht gut? In meinem Traum letzte Nacht rief sie ganz verzweifelt nach mir!'"

Ich war gerade erst Mutter geworden und spürte schon dieses starke Band zwischen mir und meinem Kind. Es ist immer aufs neue ein Wunder.

Ingrid und kein Ende

Wir machten vorsichtig Pläne für die Zeit nach den Behandlungen. Ingrid hatte eine Nachsorge-Kur beantragt, und die wollte sie gern in der Reha-Klinik auf der Insel Föhr verbringen. Ein Termin war schon für den Monat Oktober genannt worden. Ich sollte sie dann an einem Wochenende besuchen.

Im September hatte Ingrid endlich keine Chemotherapie mehr. Sie durfte jetzt auch wieder allein mit dem Auto fahren. Wir trafen uns zum ersten Mal seit langer Zeit wieder bei unserem Italiener. Meine Freundin bevorzugte jetzt weiche Speisen, die leicht zu kauen und zu schlucken waren. Da konnte sie mit Pasta kaum etwas falsch machen. Wir bestellten uns Carnelloni mit Lachs-Spinat-Füllung in Hummerschaumsoße. Ingrid aß langsam, immer darauf bedacht, sich nicht in die Wangenschleimhaut zu beißen, aber sie aß mit großem Appetit. Ich freute mich sehr darüber.

Eine Woche später lud ich mein Klapprad in den Kofferraum meines Autos und fuhr zu ihr nach Hause. Konrad hatte das Geburtstagsgeschenk seiner Frau schon bereitgestellt, das E-Bike stand geputzt vor der Garage. So kam es, dass Ingrid wieder vor mir her radelte und ich mühsam folgte. Sie zeigte mir die schöne Landschaft, die abseits der Besiedelung zum Vorschein kam: verborgene Teiche, Feldwege unter Alleebäumen und abgeerntete Ackerflächen, die zum Hof gehörten. Anschließend tranken wir in einem gemütlichen Lokal Kaffee.

Nach diesem Ausflug schöpfte ich Hoffnung.

Dann erblickte Jan das Licht der Welt, und ich nahm freudig Anteil am Familienglück. Begeistert berichtete Ingrid mir alles über den kleinen Enkel und schickte laufend Fotos mit dem Handy. Sie kaufte Babybekleidung und Spielsachen ein und nutzte jede Gelegenheit, den neuen Erdenbürger im Arm zu halten. Ingrid war glücklich, nicht zuletzt auch, weil die belastenden Therapien vorbei waren. Sie hoffte darauf, dass sie bald einen Zahnersatz für den Unterkiefer anfertigen lassen konnte, sie hoffte auf Normalität in ihrem Leben. Vor sich hatte sie jetzt umfangreiche Nachuntersuchungen, die das Besiegen der Krankheit bestätigen sollten.

Ende des Monats fuhr ich zu einem dringenden Besuch nach Norddeutschland. Mein Vater wurde nach einer Herzattacke aus dem Krankenhaus entlassen und bedurfte meiner Hilfe. Ich kümmerte mich um ihn und hatte viel zu organisieren.

Von Ingrid hörte ich während dieser Zeit nichts, aber als ich wieder zuhause war, traf mich die Hiobsbotschaft wie ein Schlag: Der Krebs meiner Freundin war keinesfalls besiegt, er hatte sich weiter in Mundhöhle und Rachen hineingefressen, die Chemotherapie und die Bestrahlungen hatten ihm nichts anhaben können. Nun stand eine weitere Operation bevor und wiederum Bangen und Hoffen und kein Ende.

Während ich mir nun Gedanken über Ingrids Zukunft machte, berichtete einer meiner Bekannten aufgeregt von einem Vorfall in der Klinik, den ich unbedingt aufschreiben musste.

Nachts in der Klinik

Heinrich Kehrmann befand sich schon zum zweiten Mal in einem Jahr in der kardiologischen Abteilung der Klinik. Eine seiner Herzklappen schloss nicht mehr richtig, und das führte dazu, dass sich immer wieder Wasser in der Lunge ansammelte und zu akuter Luftnot führte. Inzwischen ging es ihm wieder besser, aber Heinrich würde sich einer Herzklappen-Operation unterziehen müssen, wenn er noch ein Weilchen leben wollte. Und *ob* er wollte! Mit seinen 85 Jahren nahm er aktiv am Leben teil, unternahm kurze Reisen und Ausflüge mit den zahlreichen Vereinen, deren Mitglied er war. Geselligkeit ging ihm über alles. Er wollte bald schon einen Termin in der Uniklinik machen.

Der Bettnachbar zur Linken war etwa im gleichen Alter wie Heinrich. Sie kannten sich aus der Jugendzeit und hatten sich viel zu erzählen. Erwin Meiser erholte sich von einem Herzinfarkt, und mit seinem sonnigen Gemüt war er der Liebling des Pflegepersonals.

Günter Pätzold, der auf der anderen Seite neben Heinrich lag, war gute zehn Jahre jünger als seine Zimmerkollegen. Er beteiligte sich selten an den Gesprächen. Gerade telefonierte er wie so oft mit seiner Frau und beschwerte sich über das Abendbrot.

„So ein Fraß hier, das Brot ist knüppeltrocken, und der Käse wölbt sich schon an den Ecken. Ich kann das nicht essen!"

Heinrich und Erwin sahen sich bedeutsam an. Sie hatten das Abendbrot längst verzehrt und das Geschirr auf dem Wagen im Flur abgestellt. Das ständige Gemecker ihres Bettnachbarn ging ihnen auf die Nerven. Dieser hatte an allem etwas auszusetzen, außerdem klagte er ständig über neue Beschwerden: Herzklopfen, Kribbeln in den Beinen, Armschmerzen, Zahnschmerzen, Brustenge und so weiter. Die Ärzte hatten ihn gründlich untersucht, aber nichts von Bedeutung gefunden. Sie nahmen ihn kaum noch ernst. *Hypochondrisches Syndrom* war die vorläufige Diagnose.

„Ich bekomme kaum Luft, die Ärzte kümmert das einen Dreck!", jammerte Günter in den Hörer und sog dabei theatralisch den Atem ein. „Keiner nimmt mich hier ernst!"

Dann war das Telefonat beendet.

Eine Schwester kam ins Zimmer, um den Blutdruck zu messen. Sie ließ es geschehen, dass Erwin ihre Kehrseite tätschelte. „Uns geht es ja wieder prächtig, Herr Meiser!"

Bei Heinrich angekommen, erkundigte sie sich nach den Atemübungen: „Haben Sie auch brav in das Gerät gepustet?"

„Schwester, *ich* krieg' keine Luft!", japste Günter.

„Beruhigen Sie sich, Herr Pätzold, ich sag' es dem Doktor."

Dann ging sie hinaus und nahm das unangetastete Abendbrot mit.

Erwin und Heinrich machten sich fertig für die Nacht. Als sie müde in ihren Betten lagen, saß Günter noch immer auf der Bettkante und atmete schwer.

„Nun mach dich fertig, wir wollen pennen!", forderte Heinrich seinen Nachbarn auf.

„Ich, ich kann nicht", keuchte Günter. Dabei stützte er beide Arme neben sich aufs Bett und richtete den Oberkörper auf. Das kam Heinrich nun doch merkwürdig vor.

Die Nachtschwester steckte ihren Kopf durch die Tür: „Alles

in Ordnung, meine Herren, brauchen Sie noch etwas für die Nacht?"

„Herrn Pätzold geht es nicht gut", sagte Heinrich.

„Der Doktor weiß Bescheid, aber in der Notaufnahme ist der Teufel los", war die kurze Antwort, und schon war die Tür wieder zu.

Heinrich kannte den Krankenhausbetrieb zur Genüge. Er wusste inzwischen, wie dünn das Pflegepersonal besetzt war, er konnte die ständige Überlastung erkennen. Schließlich war er selber Krankenpfleger gewesen, vor langem, als noch Zeit für ein persönliches Gespräch mit den Patienten gewesen war. Damals war selten etwas schief gelaufen.

Diese Nachtschwester war allein für die gesamte Station zuständig, da durfte nichts Gravierendes passieren.

„Unser weißer Engel praktiziert wieder das Kurzprogramm, was, Heinrich?", äußerte sich Erwin und knipste seine Lampe aus.

Das Krankenzimmer lag nun im dämmerigen Licht, denn die Laternen vom Parkplatz der Klinik ließen einen schummrigen Schein durch die Vorhänge hinein.

Umständlich und keuchend legte sich auch Günter zur Ruhe. Minuten später saß er wieder aufrecht im Bett und drückte auf den Notruf. „Krieg' keine Luft, ach, ach, ich ersticke!"

Als die Nachtschwester die Tür aufmachte, merkte man ihr den Ärger über die Störung an: „Was ist denn wieder los, Herr Pätzold, Sie sollen doch schlafen!"

„Ich ersticke, muss sterben!", japste der Patient.

„So schnell stirbt es sich nicht", bekam er zur Antwort.

Dabei drückte die Schwester den armen Günter resolut mit beiden Armen zurück in die Kissen.

„Ruhe jetzt!", befahl sie und rauschte aus dem Zimmer.

Heinrich lauschte noch eine Weile auf den schweren Atem

des Nachbarn, bis er schließlich einschlief. Er erwachte, weil es rechts von ihm ungewohnt ruhig war, unheimlich still. Nur Erwins verhaltene Schnarchgeräusche drangen von links an sein Ohr.

Heinrich hob den Kopf und schaute auf die Silhouette des Schlafenden nebenan. Kein Laut! Er stand leise im Dämmerlicht auf und trat an Günters Bett, der unnatürlich still dalag.

So rasch es ihm möglich war erreichte Heinrich die Tür, riss sie auf und rief: „Schwester, kommen sie ganz, ganz schnell!"

Die Szenerie, die darauf folgte, brannte sich wie ein Horrorfilm in Heinrichs Gedächtnis: Die Schwester, hektisch telefonierend, Pfleger, die eilig Geräte ins Zimmer schoben, Ärzte, die sich an Günter zu schaffen machten. Auf einmal schien das gesamte Krankenhauspersonal im Zimmer zu sein. Aufgeregte Anweisungen, hektische Betriebsamkeit, befremdende Geräusche.

Nun war auch Erwin hellwach und starrte angstvoll auf das Szenarium. Heinrich trat neben ihn und zog an seinem Ärmel: „Komm, wir gehen raus hier."

Die beiden alten Männer setzten sich auf die Stühle in der Besucherecke und sahen sich an.

„Ist er …?", fragte Erwin.

„Ja", war die Antwort.

„Müssen wir das nicht anzeigen, Heinrich?"

„Wir werden unseren Mund halten, du willst doch auch keinen Ärger haben? Wir haben nichts gehört und gesehen, schließlich sind wir alt, schwerhörig und fast blind! Kapiert?"

Erwin nickte traurig, er hatte verstanden.

Nach einiger Zeit schob ein Pfleger auf dem Flur das Bett vorbei. Die Person darauf war vollständig mit einem weißen Laken bedeckt. Die alten Patienten schauten ihrem Bettnachbarn nach, bis er im Fahrstuhl verschwand, dann schlurften sie auf ihr Zimmer, erschöpft und aufgewühlt zugleich. Ohne das dritte Bett wirkte der Raum fremd und abweisend.

Hier bleibe ich keinen Tag länger, dachte Heinrich, gleich morgen gehe ich nach Hause.

Hoffnung für Ingrid

Anfang Oktober besuchte ich Ingrid wieder in der Klinik. Es war ein sonniger Herbsttag mit Temperaturen von über 20 Grad, darum kaufte ich im Krankenhauskiosk ein Fruchteis. Meine Freundin lag auch diesmal in einem Einzelzimmer, sie war wach und blickte mich erwartungsvoll an. Was sollte ich nur sagen?

„Du bist ja so tapfer", fiel mir wenigstens ein, und ich küsste sie auf die Stirn. „Ich habe dir eine Erfrischung mitgebracht."

Dann wickelte ich das Eis aus der Verpackung und reichte es ihr.

„Danke, das war eine gute Idee", krächzte Ingrid, von einem nachfolgenden Hustenanfall geschüttelt.

Ich hatte sie kaum verstehen können. Das Eislutschen wurde immer wieder von Hustenreiz unterbrochen, bis ich das Eis fortnahm und entsorgte.

Meine Freundin sah im Gesicht stark verändert aus. Zwar waren die Lippen diesmal nicht so aufgequollen, aber die gesamte Mundpartie sah seltsam verändert aus. Der rechte Mundwinkel wirkte starr und irgendwie verengt, das Kinn schob sich eigentümlich weit vor. Die Symmetrie war verloren gegangen, aber Ingrids Augen schauten mich an wie immer: hellwach, aufmerksam und interessiert.

Auf ihrem Nachtschrank stapelten sich Bücher und sie zeigte auf einen Titel, den ich auch unbedingt lesen sollte: *Wir sind Schwestern.*

Unsere Unterhaltung gestaltete sich schwierig, Ingrids Krächzen war für mich schwer zu verstehen, darum stellte ich Fragen, die sie mit Ja oder Nein beantworten konnte.

„Hast du Schmerzen?"

„Nein."

„Soll ich dein Hörgerät reinigen?"

„Nein, das macht Konrad."

„Wirst du die Kur Ende des Monats antreten können?"

„Ja."

„Musst du danach wieder Chemotherapie und Bestrahlungen bekommen?"

„Ja."

Und dann zeigte sie mir neue längliche Verbände an der linken Halsseite und oberhalb der linken Brust.

Also sind wieder Lymphstränge entfernt worden, dachte ich mit unendlicher Sorge.

Inzwischen hatte ich mich umfangreich über diese Krebsform informiert. Um uns beide abzulenken, holte Ingrid die neuesten Fotos von ihrem Enkel Jan heran, die in einem kleinen Album griffbereit auf dem Nachttisch lagen.

Von meinen eigenen Sorgen mit meinem Vater berichtete ich nichts, denn ich wollte nicht klagen. Meine Freundin wirkte so gefasst und stark, sie jammerte und weinte nicht. Manchmal hatte ich den Eindruck, dass sie mich vor zu großer Belastung schützen wollte. Ich setzte mich ganz nah zu ihr ans Bett und nahm ihre Hände. Sie waren so groß und kräftig, konnten immer gut zupacken und beiseite räumen, wurden so nötig gebraucht.

„Mach dir nicht so viel Sorgen um mich", flüsterte Ingrid.

Ich hatte es mir zur Gewohnheit gemacht, auf dem Heimweg von einem Besuch bei meiner Freundin ein bestimmtes Lied zu hören. Es heißt *Paint The Sky With Stars,* gesungen von der

Gruppe Celtic Women. Melodie und Text passten so richtig zu meiner Stimmung und ich gab mich meinen traurigen Gefühlen hin.

Nach einer Woche durfte meine Freundin nach Hause. Nun war sie damit beschäftigt, die neuen Behandlungstermine, die nach dem Kuraufenthalt stattfinden sollten, einzutragen. Sie konsultierte den Onkologen, absolvierte zahlreiche Blutentnahmen und ließ sich von Konrad beim Packen helfen.

Ende Oktober brachte Konrad seine Frau auf die Nordseeinsel Föhr, und ich erhielt sofort eine Nachricht mit einem Bericht über die klare Luft und die Schönheit der Landschaft.

Ingrid schien der Aufenthalt im Reha-Zentrum Wyk auf Föhr gut zu tun. Ich bekam nur positive Nachrichten von ihr. Eine Logopädin kümmerte sich von Anfang an um ihre Stimmbandprobleme und erzielte auch Erfolge. Nach und nach wurde die Sprache wieder verständlicher, wie ich bei unseren Telefonaten feststellen konnte. Vielleicht hatte ich mich aber auch an die krächzende Aussprache gewöhnt.

Aus meinem Besuch auf der Insel wurde dann doch nichts, denn ich saß zuhause auf Abruf, um zu meinem kranken Vater zu fahren, der auf eine Herzklappenoperation wartete. Vorab telefonierte ich mit Ärzten, machte Termine für Voruntersuchungen und besprach mich mit meinen Geschwistern. Ingrid hatte jedes Wochenende Besuch in der Kur. Ihre Tochter, der Bruder mit Ehefrau und ihr Mann waren abwechselnd bei ihr, da hätte ich sicher auch gestört.

Das Herbsttreffen der Meisterinnen fand ohne Ingrid statt. Wir schrieben gemeinsam eine Karte mit guten Wünschen an ihre Kuradresse. Unbeschwerte Stimmung wie sonst an diesen Abenden wollte nicht aufkommen, zu groß war die Betroffenheit über die schwere Erkrankung der Freundin. Wir hatten zusammen so viel Schönes erlebt, mit dem Gegenteil taten wir uns alle schwer, es war nicht einfach, damit umzugehen.

Unser Kreis bestand aus vierzehn Frauen unterschiedlichen Alters. Zur Zeit unserer Prüfung waren die Kinder noch klein oder wurden erst geboren. Inzwischen sind die ältesten von uns, so wie ich auch, schon Großmütter. An diesen Ereignissen nahmen wir Anteil und freuten uns mit, sie sorgten auch für unerschöpflichen Gesprächsstoff. Unsere Reisen hatten uns nach Mallorca, Sylt, Wien, Paris, Berlin und Lübeck geführt. Wir verbrachten Wellness-Freizeiten und Selbsterfahrungsseminare miteinander, gingen auf Fahrradtour durch das Münsterland und besichtigten Bauernhöfe und Großbetriebe. Für unser Beisammensein gab es bald ein geflügeltes Wort: *Seelenpflege*.

Und an ein schönes Treffen erinnere ich mich besonders gern.

Irrwege der Meditation

Immer mal wieder gönnt sich mein Frauenclub ein besonderes Event.

Dieses Mal sollte es ein Besuch in einer Erholungsoase sein mit italienischem Buffet und musikalischer Untermalung. Als besonderes Highlight wollten wir Damen vorher an einer Meditationsrunde teilnehmen. Ein wenig Entspannung würde allen gut tun.

Die junge Kursleiterin empfing uns in einem abgedunkelten, klimatisierten Raum, der mit fernöstlicher Dekoration gestaltet war. Natürlich fehlte auch die obligatorische Klangschale nicht. Wir nahmen in bequemen Sesseln Platz, beförderten uns in Liegeposition und waren gewillt, uns auf das Abenteuer Meditation einzulassen. Dreizehn gestresste Frauenseelen auf Entspannungskurs.

„Schließen Sie Ihre Augen und konzentrieren Sie sich auf Ihre Körpermitte."

Diese sanfte Aufforderung kam von der Kursleitung.

„Nun atmen Sie in den Bauch, Ihr Bauchnabel bewegt sich auf und ab."

Das bekam ich ganz gut hin, mein Nabel hob und senkte sich im Einklang mit meiner Atmung. Toll, wie das klappte!

„Richten Sie Ihre Aufmerksamkeit jetzt auf Ihre Arme. Sie werden ganz schwer."

An meine Arme konnte ich aber nicht denken, denn mein

Bauch war außer Kontrolle geraten. Er hob sich in ungeahnte Höhen, um gleich darauf tief aufs Gedärm zurückzufallen, auf und ab, absolut kongruent zur Atmung. Daher ließ ich die Arme aus, um den Anschluss der Meditation bei den Beinen zu finden.

„Ihre Beine werden ganz schwer", drang es eindringlich an mein Ohr, und binnen kürzester Zeit hatte ich Elefantenbeine, die ich in dieser Schwere nie würde bewegen können.

Ungünstigerweise kam an dieser Stelle die Aufforderung zu einer Wanderung in einem wunderschönen Park. Mental setzte ich mich in Bewegung, meine bleischweren Beine mühsam zwingend.

„Suchen Sie sich eine Bank an einem herrlichen Platz aus und setzen Sie sich hin", sagte die Stimme aus dem Hintergrund.

Ich suchte mir im Geiste ein sonniges Plätzchen an einem duftenden Rosenbusch aus.

Augenblicklich begann ich zu schwitzen. Das Wasser lief mir den Rücken herunter, auf Stirn und Nase perlte der Schweiß.

Bestimmt ist es besser, den Sonnensitz zu verlassen und auf eine Bank im Schatten auszuweichen, dachte ich noch spitzfindig, als die Reise schon weiterging.

„Sie wandern an einem kühlen Bach entlang und blicken in glasklares Wasser", war zu vernehmen.

Meine schweren Beine hätte ich gerne im Bach gekühlt, aber leider kam diese Aufforderung nicht.

„Ein stolzer Schwan mit einem langen weißen Hals gleitet majestätisch vorbei", suggerierte uns die Leiterin.

Haben Schwäne nicht immer lange weiße Hälse?, erdreistete ich mich zu denken und schweifte ab, landete bei Hans Christian Andersen und dem hässlichen Entlein, das sich am Ende als schöner Schwan entpuppt.

Die nächste Anweisung verpasste ich durch mein Abschweifen, fand aber wieder Anschluss, als ein prunkvolles Schloss angesteuert wurde. Vor meinem geistigen Auge erschienen Neuschwanstein und das Glücksburger Schloss; für welches sollte ich mich entscheiden? Glücksburg stand mir näher und war mir vertraut, schließlich hatte ich dieses Traumschloss schon in Filzpantinen, auf Intarsienparkett rutschend, erkundet.

Mitten in der Schlosserkundung lenkten mich die Atemgeräusche meiner Nachbarin zur Rechten ab. Sie waren tief und regelmäßig und deuteten auf die bestmöglichste Entspannung hin: den Tiefschlaf. Lag nicht Marion neben mir? Zur Zeit war sie mit großen Problemen belastet, und ich gönnte ihr dieses kleine Abtauchen von Herzen.

Inzwischen hatte es irgendeine Aktion auf dem Schlosshof gegeben, die ich nicht verfolgt hatte. Ich konzentrierte mich wieder auf die sanften Ausführungen der Therapeutin: „Ein gebeugter alter Mann, der einen schweren Rucksack trägt, klopft an das große Portal."

Gespannt erwartete ich nun, wer wohl das Schlosstor öffnen würde, als sich die Atemgeräusche meiner Nachbarin zu einem Grunzen ausweiteten. Soviel ich mich auch bemühte, weiter der Fantasiereise zu lauschen, ich verstand kein Wort mehr. Die Schnarchgeräusche wurden lauter und ein kehliges Röcheln erfüllte den Raum. Jetzt würden alle anderen es auch vernehmen. Ich observierte die knatternden Atemgeräusche intensiv, zählte in Gedanken die Abstände und schloss daraufhin eine Schlafapnoe aus. Mein medizinisches Halbwissen bricht sich immer mal wieder Bahn.

Plötzlich schnappte ich Bruchstücke eines Satzes aus einer anderen Welt auf: „Eine wunderschöne Fee in einem traumhaften Kleid…"

Schnell wieder Anschluss an die Meditation finden! Ist die Fee blond oder braun? Trägt sie ein Spitzenkleid oder Tüll? Ich stellte sie mir mit langen blonden Locken und einem weiten weißen Röckchen vor, welches durch einen Petticoat darunter zum Schwingen gebracht wurde. Sie tänzelte mit langen schlanken Beinen über den Schlosshof und schwang einen Zauberstab. Gut, ich war wieder drin in der Handlung!

Unterdessen lief Marion zur Höchstform auf, denn das Schnarchen erfuhr ein Stakkato und signalisierte eine tief entspannte Rachenmuskulatur.

Nun gab ich mich geschlagen. Fantasiereise adieu! Was die Fee mit dem Alten veranstaltete, war mir egal, ich konnte eh nicht mehr folgen. Hinter meinen geschlossenen Augen holten mich banale Gedanken ins Hier und Jetzt zurück: Habe ich meine Handtasche eigentlich neben meinem Sessel geparkt?

Ich wagte nicht, mich dahin vorzutasten. Zu allem Überfluss knurrte auch noch mein Magen und erinnerte mich daran, dass wir gleich ein fantastisches Menü einnehmen würden. Vor meinem geistigen Auge defilierten Bruschetta, Antipasti und Saltimbocca. Prompt setzte die Amylase ein und füllte meine Mundhöhle mit Speichel.

Schritt für Schritt begann die Meditationstherapeutin uns zurück in die Realität zu holen: „Atmen Sie tief ein und aus und strecken Sie Ihre Glieder aus."

Sie hatte laut gesprochen, um sich gegen die störenden Geräusche durchzusetzen. Es kam Bewegung in den Saal, Augen wurden geöffnet, Körper gereckt und Sessel gerückt. Wir schauten uns erst entgeistert an und brachen dann in schallendes Gelächter aus. Es war ein befreiendes Lachen, das alle Muskeln lockerte, Missempfindungen vertrieb und uns in verbindende Harmonie versetzte.

Marion, vermutlich von unserem Gelächter geweckt, setzte sich auf und rieb sich die Augen. „War was, ich habe doch wohl nicht geschnarcht?"

Ingrid bleibt tapfer

Als Ingrid aus der Kur zurück kam, wartete ich noch immer auf den Operationstermin für meinen Vater. Man wollte erst noch sein Gebiss sanieren, was er rigoros ablehnte. Ich verzweifelte fast an der Aufgabe, das Richtige zu unternehmen.

Dann musste ich selber ins Krankenhaus. In meiner linken Achselhöhle hatte sich ein Schweißdrüsenabszeß gebildet, der am Samstagabend notfallmäßig operiert wurde. Da lag ich nun allein in meinem Krankenhauszimmer und merkte auf einmal, wie erschöpft und mitgenommen ich war. Die Ereignisse des Jahres hatten mir heftig zugesetzt und ich nahm mir vor, wieder etwas mehr an mich zu denken.

Es sollte nicht dazu kommen.

Ingrid durfte ich vorläufig nicht besuchen, denn ich hatte ein walnussgroßes Loch in meiner Achselhöhle, das von innen zuheilen musste. Ich wollte nicht riskieren, meiner Freundin irgendwelche Keime ins Haus zu schleppen. Aber wir waren über unsere Handys in ständigem Kontakt.

Ich verband mich täglich selber, das beherrschte ich von Berufs wegen gut. Bald war die Wunde verschlossen.

In der Vorweihnachtszeit fuhr Ingrid wieder regelmäßig zur Chemotherapie. Ob sie auch Bestrahlungen bekam, erfuhr ich nicht, wollte aber auch nicht zu viele Fragen stellen. Bei meinen Besuchen schauten wir uns manchmal die alten Fotos von unseren Reisen an.

„Wie herrlich jung wir waren und so fröhlich", stellten wir fest.

„Gut, dass es diese schönen Erinnerungen gibt", sinnierte meine Freundin und lächelte versonnen.

Fast immer, wenn wir beisammen saßen, brachte uns Ingrids Sohn den kleinen Jan zum Verwahren. Dann wechselten wir uns damit ab, ihn in den Armen zu halten und zu wiegen. Für uns Freundinnen war das eine schöne harmonische Zeit, die wir beide genossen: zwei Omas und ein Enkelkind.

Einmal hatte Ingrid ein Päckchen für mich bereit liegen.

„Für dich, dein Weihnachtsgeschenk", sagte sie.

Als ich es ausgepackt hatte, hielt ich das Buch *Wir sind Schwestern* in den Händen.

„Ich fand den Roman so gut, du sollst ihn auch haben."

„Danke, Schwesterchen, ich freue mich sehr darüber", antwortete ich gerührt.

Immer schon hatten wir viel gelesen und die Bücher untereinander getauscht, um uns dann über die Lektüre zu unterhalten, auch das war ein gemeinsamer Schatz.

Bei meinen Besuchen erkundigte ich mich immer wieder, ob ich irgendwie helfen könnte, zum Beispiel beim Bügeln der Oberhemden und Blusen.

Ingrid winkte immer ab und meinte: „Ich setze mich dabei hin und mache Pausen, wenn es nicht mehr geht, aber ich schaffe es."

Seit einigen Jahren hatte sie schon eine Putzhilfe, die auch die Blumenpflege übernahm; und auch Konrad war in seine Aufgaben hineingewachsen. Es schien alles gut geregelt.

Kurz vor Weihnachten eskalierte die Situation mit meinem Vater. Bisher hatte er jegliche Hilfe außerhalb der Familie abgelehnt, und einen Termin für die Herzoperation gab es immer noch nicht.

Der Hilferuf kam von meinem Bruder: „Vater ist zu schwach, um noch allein in seiner Wohnung zu leben, er ernährt sich auch nicht mehr ausreichend. Du musst ihn davon überzeugen, ins Pflegeheim zu gehen!"

Ich fuhr sofort los, um meinem Vater zur Seite zu stehen und für die Aufnahme im Seniorenheim zu sorgen. Es waren Tage voller Sorgen und Stress, es waren auch traurige Tage des Abschieds, denn ich erkannte, dass die Zeit meines Vaters dem Ende entgegen ging.

Nachdem ich meinen schwachen Vater gut untergebracht hatte, fuhr ich mit einem miserablen Gefühl zurück nach Hause. Ich wäre so gern bei ihm geblieben, aber daheim wartete ein chronisch kranker Ehemann und brauchte mich auch.

Zwischen den Jahren fuhr ich zu Ingrid. Sie zählte sehnsüchtig die Tage bis zu ihrer letzten Chemotherapie. Sogar am Silvestertag sollte sie in die Klinik kommen. Wieder vertrug sie die Behandlung einigermaßen gut, was bei ihr aber auch Zweifel an der Wirksamkeit aufkommen ließ.

„Warum behalte ich meine Haare?", fragte sie mich. „Vielleicht bin ich immun gegen das Gift."

„Sei doch froh darüber", entgegnete ich, stellte mir aber insgeheim auch dieselbe Frage. Dann half ich ihr beim Abschmücken des Weihnachtsbaumes, heilfroh, auch etwas tun zu dürfen.

Im Reisebett strampelte Klein-Jan mit seinen Beinen gegen die Rückwand und juchzte laut.

Wir sprachen an diesem Tag auch darüber, ob ein Ehepartner die Gebrechlichkeit und Hilfsbedürftigkeit des anderen aushält.

„Mach dir keine Sorgen", sagte ich.

Am Fluss

Der Mann schob seinen Rollator wie eine Schubkarre vor sich her, weit vorgebeugt und mit trippelnden Schritten. Das Bewegen einer Schubkarre war ihm vertraut, seit frühester Jugend hatte er die Ställe ausgemistet, frisches Stroh und Futter herangekarrt und später auf dem Bau Zement und Sand bewegt.

So groß ist der Unterschied gar nicht, dachte er, als es nicht mehr ohne Gehhilfe ging, weil das Zittern stärker wurde.

In einigem Abstand humpelte seine Frau hinter ihm her, die rechte Hand schwer auf einen Stock gestützt. Den linken Arm an den Bauch gepresst, versuchte sie Schritt zu halten.

„Warte, Georg!", keuchte sie außer Atem.

Aber ihr Mann war schon auf der Brücke angekommen, zog die Bremsen am Rollator an, setzte sich auf die Sitzfläche und spähte über das Brückengeländer.

Unter ihm bewegte sich glitzernd der Fluss. Gemächlich zog das Wasser dahin, kräuselte sich an dem großen Stein in der Mitte und ließ das Schilfrohr am Ufer schwanken.

„Kannst du sie schon sehen?", fragte die Frau.

Inzwischen war sie auf der Brücke angekommen und lehnte sich schwer atmend über die Brüstung.

„Noch nicht, Hertha, bestimmt haben sie sich im Schilf versteckt, jetzt, wo die Jungen da sind."

Bei schönem Wetter machten sich Georg und Hertha nachmittags immer auf, um über den Feldweg zu dem kleinen Fluss zu gelangen. Den etwa 800 Meter langen Weg, der hinter ihrem Haus begann, konnten sie gerade noch schaffen, Hertha nach ihrem Schlaganfall und Georg mit seinem Handicap Parkinson.

„Wirf ein paar Krumen ins Wasser, dann kommen sie schon."

Umständlich kramte Georg in seiner Jackentasche, um schließlich einen Plastikbeutel herauszuziehen. Seine zitternden Hände fummelten ein Brötchen aus der Tüte, von dem er Bröckchen abbrach und ins Wasser warf.

Unten im Wasser war ein Platschen zu vernehmen, und dann zeigten sie sich:

Der Erpel schwamm voran, ein kräftiges „räb, räb, räb" schnatternd. Hinter ihm kam die Ente in Sicht, und dann, nach und nach, sieben kleine Entenküken. Sie stürzten sich auf die Brötchenkrumen, die Georg in den Fluss warf.

„Sind die Küken noch alle da, Hertha?"

„Ja, und das kleinste ist putzmunter, sieh mal, wie es hinter der Mutter herschwimmt", meinte die alte Frau, dann fuhr sie fort: „Denkst du manchmal auch an die Zeit, als unsere Kinder klein waren?"

Es war eine harte Zeit gewesen. Nach der Heirat hatten sie schnell hintereinander drei Töchter bekommen. Weil der Kotten* nicht genug abwarf, um die Familie zu ernähren, war Georg als Hilfsarbeiter zum Bau gegangen. Ein Knochenjob, aber mit Kranken- und Rentenversicherung! Hertha hatte tagsüber die Tiere versorgt, den großen Garten bewirtschaftet und die Kinder erzogen. Später kam auch noch die Pflege der Schwiegermutter dazu. Abends fiel sie todmüde ins Bett. Da war Georg entweder noch auf dem Acker beschäftigt oder auf einer Vereinsversammlung. Zeit für sich hatten sie kaum. Da blieben

* Ndt.: schlichtes Gebäude, Wohnhaus oder Werkstatt.

intensive Gespräche und Zärtlichkeiten auf der Strecke. Jeder litt für sich allein und funktionierte, dabei hatten sie sich immer weiter voneinander entfernt.

Hertha suchte ihr Heil in der Versorgung der Familie. Diese wurde bekocht, bebacken und mit selbst gezogenem Obst und Gemüse überhäuft. Allein die Anerkennung blieb aus. Bei ihren Einkäufen im Supermarkt lag viel zu oft auch eine Flasche Wein im Korb. Als die Mädchen, längst verheiratet, ihre eigenen Familien hatten, baute Hertha immer noch Gemüse für Großhaushalte an. Die Töchter entsorgten es in der Biotonne, denn sie bevorzugten nun küchenfertige Tiefkühlprodukte, die sie nicht erst von Sand und Läusen befreien mussten. Dies erfuhr die Mutter nie!

Georg lenkte sich im Vereinsleben ab. Dort fühlte er sich aufgehoben und anerkannt, konnte sich austauschen, fröhlich sein und das eine oder andere Bier zischen.

Als die Eheleute ins Rentenalter kamen, waren sie abgearbeitet und kränklich. Die Viehställe standen jetzt leer und das Ackerland war verpachtet. Aber mit der gewonnenen Zeit konnten sie nichts Gemeinsames anfangen, sie hatten sich nichts mehr zu sagen!

„Stimmt es eigentlich, dass Entenpaare ein Leben lang zusammenbleiben?", fragte Hertha.

„Ja, so wie bei uns Menschen, jedenfalls bei den meisten", war die Antwort.

Hertha dachte an die jüngste Tochter, die hatte sich vor einem Jahr von ihrem Mann getrennt und war zu ihrem Liebhaber gezogen.

„Du hättest auch gehen sollen, Mama, als noch Zeit dafür war", entgegnete die Tochter, als Hertha ihr Vorwürfe machte. „Du bist doch nie richtig glücklich gewesen, das haben wir Kinder auch gemerkt, obwohl du nie etwas gesagt hast."

Wohin hätte ich gehen sollen?, dachte sie, alles zurücklassen und der Verantwortung entfliehen?

Sie sah ihren Mann an. Georg war eine graue Strähne auf die feuchte Stirn gerutscht, hier kringelte sie sich wie immer, wenn er schwitzte. Hertha strich ihm das Haar zurück. In sein lockiges rot-braunes Haar hatte sie sich zuerst verliebt. Es fühlte sich so gut an und roch nach Heu und frischen Kräutern. Sein Haar war ergraut immer noch schön. Wie lange hatte sie es nicht berührt!

„Hast du mich jemals betrogen?" Die Frage kam unerwartet aus Herthas Mund, und sie erschrak ein wenig über diese Dreistigkeit.

Dass Georg überrascht war, zeigte er nicht: „Warum diese Frage nach all den Jahren? Ich war dir immer treu."

Eine barmherzige Lüge! Nachdenklich schaute er ins Wasser und dachte dabei an die kleine Italienerin mit dem unbändigen Temperament. Sie hatte den Bürocontainer auf der Baustelle geputzt und dort waren sie sich näher gekommen. Das Verhältnis hatte einige Wochen gedauert, aber dann war ihm alles zu anstrengend geworden: der aufregende Sex und die Heimlichkeiten. Er hatte schon lange nicht mehr von Giulia geträumt!

„Wäk, wäk, wäk", schnatterte die Entenmama und erinnerte Georg daran, die letzten kleinen Brotkrumen ins Wasser zu streuen.

Der Erpel ließ seine Jungen fressen, dabei schwamm er um die Truppe herum, sein grüner Kopf glänzte metallisch in der Sonne.

„Wie schön es hier ist", sagte Hertha mehr zu sich selbst und ließ ihren Blick über die Landschaft schweifen. Am gegenüberliegenden Ufer blühten wilde Margeriten und Klatschmohn. Ein Fischreiher stakste mit seinen langen Beinen durch den Fluss, den Hals weit vorgestreckt, nach Beute suchend.

„Ja, und so herrlich ruhig und friedlich", meinte Georg und schaute seine Frau an.

Dann nahm er ihre verkrampfte linke Hand zwischen seine großen Hände und massierte sie liebevoll.

Mit Ingrid im Museum

Mitte des Monats Januar hatte Ingrid die letzte Therapie und legte danach einen unbändigen Tatendrang an den Tag. Sie steckte voller Pläne für die nächste Zeit: mit der Enkelin aus Süddeutschland in den Urlaub fahren, den Schwager in Kassel besuchen, zur grünen Woche nach Berlin und, und, und.

Eines Samstags rief sie mich an: „Hast du Lust, morgen mit mir ins Folkwang-Museum zu fahren, um die Ausstellung ‚Farbenrausch‘ anzusehen? Die läuft nur noch bis Ende des Monats. Konrad geht morgen zur Jagd, ich bin allein."

Eigentlich hatte ich keine große Lust auf einen Museumsbesuch in dieser kalten Jahreszeit, hätte mich lieber zuhause eingeigelt, aber einen Wunsch konnte ich Ingrid nicht abschlagen. Also sagte ich zu.

„Du musst aber fahren, ich traue mir das noch nicht zu."

Ich holte meine Freundin am Sonntagvormittag ab und fuhr mit ihr nach Essen. Eine lange Menschenschlange wartete vor dem Eingang auf Einlass, es ging sehr langsam voran, und ich machte mir schon Sorgen, ob das ganze Unternehmen nicht zu anstrengend für Ingrid würde. Doch sie schien keine Probleme zu haben. Wie immer trennten wir uns in der Ausstellung. Ich war beeindruckt von den Exponaten, da hatten die Expressionisten Pechstein, Matisse, Kirchner, Munch und andere einen wahren Farbenrausch hinterlassen, und ich stand fasziniert davor.

Am meisten bewegt hatte mich das Leben Christi von Emil Nolde, riesige Altarbilder mit starker Ausstrahlung. Nun war ich sehr froh darüber, mit Ingrid hierher gekommen zu sein.

Als ich meinen Rundgang beendet hatte, wartete meine Freundin in der Eingangshalle auf mich, auch sie war begeistert.

„Fahren wir nun an einen schönen Platz, um zu essen", schlug Ingrid vor, „ich kenne da ein Lokal hoch über dem Baldeneysee, hast du Lust?"

Na klar, ich hatte. Etwas außerhalb der Großstadt ging die Straße bergauf. Ingrid hatte ein gutes Gedächtnis für Wege und leitete mich zielstrebig auf einen bewaldeten Hügel.

„Hier bin ich schon einmal mit Konrad gewesen", sagte sie und ging mit mir zu einer Aussichtsplattform.

Wir hatten einen herrlichen Blick über den Baldeneysee und konnten sogar durch die unbelaubten Bäume hindurch auf der nächsten Anhöhe die Villa-Hügel ausmachen.

„Weißt du noch, wie wir dort die Pieter-Breugel-Ausstellung angeschaut haben?", fragte mich Ingrid.

„Ja, und ich erinnere mich, wie beeindruckend das Gebäude war", antwortete ich.

Das Lokal war gut besucht, obwohl die Mittagszeit schon lange vorbei war. Wir bestellten uns noch ein warmes Essen. Ingrid wählte für sich einen Gemüseauflauf, der, wie sie annahm, keine Schwierigkeiten beim Kauen bereiten würde, und ich schloss mich ihrer Bestellung an. Wie immer aß sie langsam und mit Bedacht, dabei hatte sie ein Taschentuch griffbereit, mit dem sie hin und wieder die Flüssigkeit abtupfte, die aus ihrem rechten Mundwinkel austrat. Manchmal verursachte das Schlucken einen keuchenden Hustenreiz, der sich aber schnell wieder legte.

„Danke, Maria, dass es dir nichts ausmacht, mit mir zu essen! Ich weiß, dass es nicht so appetitlich ist, mir dabei zuzuschauen. Es gibt nicht mehr viele Menschen, die mit mir essen gehen."

Betroffen schaute ich sie an, darüber hatte ich noch nicht nachgedacht.

„Ich finde es schön, mit dir zusammen zu sein", sagte ich nur.

Warum können nicht alle Menschen fürsorglich miteinander umgehen?, dachte ich bei mir.

Unterlassung

Der Rentner Bernhard Wigandt hatte eine schlechte Nacht hinter sich. Albträume hatten ihn gequält, wieder und wieder war er schweißnass aufgeschreckt. Gegen Morgen fiel er in einen unruhigen Schlaf. Als er um 6 Uhr erwachte, fühlte sich sein rechter Arm seltsam taub an.

Mit 82 Jahren ist der Lack ab, dachte Bernhard und schüttelte den Arm, dauernd hat man irgendwelche Beschwerden. Aber ich kann froh sein, dass ich überhaupt noch da bin!

Mit der linken Hand strich er über die unberührte Bettdecke an seiner Seite.

Zwei Jahre war es her, dass seine Ingelore an diesem furchtbaren Krebs gestorben war. Danach ging es Bernhard miserabel. Seine tiefe Trauer bescherte ihm Herzbeschwerden und Schwermut. Nur langsam und mit Hilfe seines Hausarztes kroch er aus dem dunklen Loch der Depression ans Licht.

Als der Rentner vom Bett aufstand, erfasste ihn eine Schwindelattacke. Die Schlafstube drehte sich um ihn herum, ihm wurde übel. Ganz langsam tastete er sich an den Wänden entlang bis ins Bad. Die Beine waren schwer wie Blei, der rechte Arm kribbelte und im Kopf fuhr er Karussell. Dann erbrach er sich ins Waschbecken.

So unerwartet wie er gekommen war, so schnell ging der Spuk auch wieder vorbei. Der alte Mann atmete erleichtert auf und begann mit der Morgentoilette.

Ich sollte nachher mal an die frische Luft gehen, dachte er, ich sitze zu viel in der Wohnung herum. Dann kann ich auch gleich die Telefonrechnung überweisen.

Beim Frühstück schaute er aus dem Fenster und sah den Rotdorn auf der anderen Straßenseite gleich zweimal.

Verwundert schüttelte Bernhard den Kopf. *Was war das denn?*

Er schloss die Augen, öffnete sie und sah wieder hin. Nun stand der Baum allein und einsam wie eh und je am Straßenrand.

Es war für den 3. Oktober noch relativ mild draußen. Die Sonnenstrahlen fingen sich im Laub der Bäume, die schon hier und da ihre Blätter bunt färbten.

Bernhard Wigandt machte sich auf den Weg zur Sparkasse. Die Telefonrechnung und seine EC-Karte hatte er in die Innentasche seiner Lederjacke gesteckt. Für sein Alter war er normalerweise recht gut zu Fuß, aber heute erschien ihm die kurze Wegstrecke sehr mühsam und lang. Es strengte ihn an, die Beine vorwärts zu bewegen. Immer wieder musste er stehenbleiben und ausruhen, aber er hatte ein Ziel und das wollte er erreichen. Vielleicht sollte ich morgen mal zum Arzt gehen, dachte der alte Herr, aber der sagt dann doch bloß: „Denken Sie an ihr Alter, Herr Wigandt!"

Weil die Sparkasse an diesem Feiertag geschlossen war, musste Bernhard die Karte zum Öffnen der Tür aus der Jacke holen. Das fiel ihm sehr schwer, seine rechte Hand wollte nicht recht gehorchen, er fummelte und fummelte, bis er die Karte endlich griff. Mit zitternder Hand führte er sie in den Schlitz ein. Nun war er schweißgebadet. Die Tür öffnete sich und der angeschlagene Mann torkelte in den Vorraum. Am Überweisungsautomaten hielt er sich fest, als ihn eine heftige Schwindelattacke überkam, dann knickten seine Beine ein und er fiel zu Boden.

Dustin H. hatte bis zum Morgengrauen in der Disko abgefeiert und dann eine scharfe Braut mit nach Hause genommen. Die schlief jetzt in seinem warmen Bett und man konnte nicht wissen, was nachher noch anlag. Er hatte kein Geld mehr, wollte sich ganz schnell Nachschub holen und auch gleich Brötchen kaufen.

Hoffentlich ist sie noch da, wenn ich wiederkomme, dachte er. Eilig betrat er die Filiale.

Den Mann auf dem Boden blendete er aus seinem Bewusstsein aus: Bloß nicht aufhalten lassen!

Dustin machte einen großen Bogen um Bernhard herum und bediente den Geldautomaten. Dann verließ er schnurstracks die Bank, ohne sich nochmals umzusehen.

Manfred B. hoffte an diesem Feiertag auf Ruhe im Vorraum der Sparkasse. Er hatte einige Überweisungen zu tätigen und hasste es, wenn ungeduldige Leute hinter ihm standen. Dann konnte er sich nicht auf IBAN und BIC konzentrieren. Die langen Zahlenfolgen und Buchstaben waren schnell verdreht. Alles wird immer komplizierter, dachte der Mann.

Dann sah er den Körper des Alten vor dem Terminal liegen. Jetzt schlafen die Besoffenen ihren Rausch schon in der Bank aus, dachte Manfred und stieg über den Hilflosen hinweg. Ich sollte die Polizei rufen, damit sie den in die Ausnüchterungszelle sperrt! Hoffentlich kotzt er mir nicht an die Hose!

Diese Vorstellung bereitete ihm Unbehagen. Er raffte seine Unterlagen zusammen, überstieg mit einem großen Schritt den auf dem Boden Liegenden und stürmte hinaus.

Charlotte S. hatte schlechte Laune. Die Zwillinge im Kinderwagen hatten sie die ganze Nacht auf Trab gehalten, und ihr lieber Göttergatte hatte es vorgezogen, nach dem Fußballspiel und anschließender Siegesfeier bei seinem Kumpel zu übernachten.

Dauernd lässt er mich im Stich, dachte sie wütend, immer habe ich den Stress alleine am Hals.

Charlotte liebte ihre Kinder, aber manchmal wurde ihr alles zuviel, die durchwachten Nächte, das ständige Füttern und Wickeln, Wäsche, Haushalt, Babygeschrei.

In dieser Stimmung betrat sie samt Kinderwagen die Sparkasse.

Den Hilflosen am Boden sah sie nicht sofort, denn der Zwillingswagen versperrte ihr die Sicht. Fast hätte sie den Mann angefahren. Gerade noch rechtzeitig gerieten zwei Beine in ihr Sichtfeld, was Charlotte veranlasste, den Kinderwagen schleunigst umzudrehen und fluchtartig die Bank zu verlassen.

Bloß keinen Ärger haben, nicht noch mehr Stress!, entschuldigte sie ihr Verhalten bei sich selbst. Die Kleinen schliefen gerade so schön!

Später beschlich sie ein schlechtes Gewissen: Ich hätte ja mit dem Handy Hilfe holen können und dann abhauen.

Am darauffolgenden Tag jedoch hatte Charlotte den Vorfall vergessen, sie hatte einen Termin beim Kinderarzt.

Wenn Lukas W. heute keinen Abschlag auf seine Mietschulden überwies, dann würde er aus der Wohnung fliegen. Das hatte ihm sein Vermieter unmissverständlich klar gemacht. Auf keinen Fall konnte er eine Räumungsklage riskieren, er wollte nicht auf der Straße landen. Zum Glück hatte der junge Mann seit einem Monat einen Zusatzjob als Taxifahrer gefunden, was seine finanzielle Situation etwas entspannte. Eilig verschaffte er sich Zugang zum Sparkasseneingang, nahm zielstrebig Kurs auf den Bankautomaten und erschrak.

Ein Mann, offenbar schon älter, lag auf dem Fliesenboden.

Lukas beugte sich hinab und beobachtete den Brustkorb des Liegenden.

Sieht so aus, als ob er atmet, dachte Lukas, sicher ist er aus der Wohnung geflogen und ohne Dach über dem Kopf. Passiert schneller als man denken kann. Er hätte sich aber wenigstens eine Decke mitnehmen können!

Vorsichtig stieg Lukas über den alten Mann hinweg und tätigte seine Überweisung an den Vermieter. Dann entfernte er sich auf die gleiche Weise wieder und verließ die Bank.

Bernhard Wigandt lag auf dem harten Fußboden auf der rechten Seite. Er konnte sich nicht bewegen, spürte aber die Kälte, die in seinen Körper kroch. Er versuchte, seine Augen zu öffnen, was all seine Energie erforderte, aber er nahm nur einen schmalen Streifen Helligkeit wahr. Dann gab es ein Geräusch und ein Schatten näherte sich.

Bernhard rief um Hilfe, nur drang kein Ton aus seinem Mund. Nochmal versuchte er es mit aller Anstrengung: „Helft mir!"

Vergebens, er konnte sich nicht äußern.

Ein Surren, ein Klappern, ein Schatten, dann Stille und Verzweiflung.

Nach einer Weile wieder ein Schatten. Er kam näher. Hoffnung keimte auf. Durch einen watteähnlichen Schleier sah Bernhard zwei kräftige Beine. Sie hielten an und hoben sich an, eins nach dem anderen. Bernhard schrie einen stummen Schrei, doch kein Laut ertönte.

Die Beine überstiegen den lautlos Schreienden abermals und liefen eiligst davon. Eine endlos lange Zeit war Stille um ihn herum.

Das Rauschen der Tür ertönte und ein Rasseln und Trippeln. Dieser Schatten war breiter als die anderen Schatten vorher, aber er entfernte sich wieder, ohne näher gekommen zu sein. Eine hoffnungslose Verzweiflung ergriff von dem Hilflosen Besitz. Er spürte den nahenden Tod.

Erneut ein Rauschen, dann Beine, still stehend hinter Nebelschwaden. Etwas kam näher heran: ein Geruch, ein Atemhauch, Hoffnung verbreitend. Dann eine Bewegung, und die Beine verschwanden. Hinter seinem Rücken erklangen leise Geräusche.

Nach einiger Zeit erschienen die Beine wieder in seinem Blickfeld, von einem Windzug begleitet, und verschwanden. Die Stille verdichtete den Nebel vor seinen Augen in eine unendliche Hoffnungslosigkeit. Dies würde sein Ende sein!

Carmen F. hatte ihren Job in der Bäckereifiliale für heute beendet und den Laden abgeschlossen. Nun musste sie nur noch die Tageseinnahmen einzahlen, dann ging es ab auf die heimische Couch.

Als sie die Sparkasse betrat, bekam sie einen gehörigen Schrecken. Da lag ein Mann auf dem Boden! Wenn der nun plötzlich aufspringen und sie überfallen würde …!

Bestimmt ein neuer Trick, dachte sie ängstlich. Dabei traute sie sich nicht, näher an den Mann heranzugehen. Fieberhaft überlegt sie, was sie tun sollte: Vielleicht ist er ohnmächtig und braucht Hilfe, womöglich sogar schon tot?

Eilig verließ Carmen F. den Vorraum der Bank. Nun, in sicherem Abstand, kramte sie ihr Handy aus der Handtasche und tat das einzig Richtige. Sie wählte den Notruf der Feuerwehr 112 und gab präzise Auskunft über die Situation und den Standort.

Binnen weniger Minuten waren Notarzt und Rettungswagen zur Stelle. Endlich erhielt Bernhard Wigandt die dringend notwendige Hilfe.

„Der Mann hatte einen Schlaganfall. Wie lange liegt er schon hier?", fragte der Notarzt, an die Frau gewandt, die die Helfer alarmiert hatte.

Diese zuckte nur mit den Schultern und antwortete: „Als ich hier reinkam, lag er schon da."

Als der Rettungswagen mit Blaulicht und Martinshorn wieder davonbrauste, blickte Carmen ihm so lange nach, bis er um die Straßenecke bog.

Hoffentlich geht alles gut!, dachte sie.

Gute und weniger gute Nachrichten von Ingrid

Ich kam nicht dazu, lange über unseren Ausflug nachzudenken, denn es erreichten mich sehr schlechte Nachrichten aus Schleswig-Holstein. Der Zustand meines Vaters hatte sich rapide verschlechtert, er war ins Krankenhaus eingeliefert worden und verstarb dort am 26. Januar. Ich war am Ende meiner emotionalen Kräfte und musste dennoch sofort zur Fahrt in meine Heimatstadt aufbrechen. Automatisch regelte ich gemeinsam mit meinen Brüdern all das, was notwendig war. Ich verabschiedete mich von meinem geliebten Vater, räumte mit meinem Bruder die Wohnung aus und überstand die Trauerfeier und Beerdigung an der Seite meiner Familie. Mein Mann war mit den Kindern und guten Freunden angereist, ich fühlte mich unterstützt. Auf der Rückreise ging es mir schlecht, ich hatte Fieber und Kopfschmerzen, ein grippaler Infekt kündigte sich an, und ich legte mich, zuhause angekommen, gleich ins Bett.

Zum Glück war ich nach ein paar Tagen wieder auf den Beinen.

Ingrid schrieb mir eine SMS aus Berlin: „Bin mit Konrad auf der Grünen Woche, mache zwischendurch viele Pausen, aber es geht mir gut."

Wenigstens von meiner Freundin gute Nachrichten, dachte ich.

Ich wusste nicht, dass sie fünfzehn Kilo abgenommen und

sich auf der Rückreise von Berlin in einem Outlet-Store völlig neu eingekleidet hatte. Bei meinem nächsten Besuch zeigte sie mir die Hosen, Röcke und Jacken, die sie sich in Bielefeld gekauft hatte und wollte meinen lobenden Kommentar dazu hören.

„Nun fehlen dir nur noch Oberteile", schlug ich vor, „soll ich mit dir losfahren?"

„Das machen wir im Frühling, die Winterpullover können ruhig lockerer sitzen", entgegnete meine Freundin.

Da hatte sie natürlich Recht, und bei ihrer Größe und dem kräftigen Körperbau fielen einige Kilogramm weniger an Gewicht nicht so auf. Da hatte ich schon mehr Probleme. Zur Zeit durfte ich nicht in den Spiegel sehen, dabei hatte ich nur drei Kilo verloren und sah schrecklich aus.

Der Februar war bitterkalt und brachte immer wieder Schneeschauer. Insgesamt waren in diesem Jahr die Wintermonate sehr dunkel und ungemütlich. Wenn irgend möglich, blieb ich zuhause und entspannte mich mit einem Roman.

Wilm hatte sich bei mir angesteckt und wurde die Grippe nicht los. Er fieberte tagelang, hustete stark und fühlte sich schlapp und lustlos. Ich brachte ihn zum Arzt, der ein Antibiotikum verordnete. In ganz Deutschland grassierte eine Grippewelle, viele Betriebe hatten schon großen Mangel an Mitarbeitern, es gab auch erste Todesfälle.

Ingrids Unternehmungslust aber war ungebrochen. Sie und Konrad holten die Enkeltochter in Baden-Württemberg ab und fuhren mit ihr in die Berge zum Skilaufen. Die Kleine hatte mit ihren fünf Jahren schon öfter auf den Brettern gestanden und bewältigte gemeinsam mit ihrem Opa die leichteren Abfahrten gut, während Ingrid sich ein sonniges Plätzchen zum Ausruhen suchte. Skiabfahrten waren ihr jetzt zu anstrengend, aber sie erfreute sich daran, die kleine Anna zu beobachten. Sie wollte so viel Zeit wie möglich mit dem Kind verbringen, denn das Mädchen sollte diesen Sommer eingeschult werden, was weitere Einschränkungen der Besuche mit sich bringen würde.

Mich erreichten schöne Schneefotos aus Bayern und positive Textnachrichten; dass meine Freundin durch den intensiven Kontakt mit dem lebhaften Kind sehr erschöpft war, erfuhr ich erst später.

Ich sah Ingrid selten in diesen Winterwochen, denn sie war häufig mit ihrem Mann unterwegs. Sie besuchten Verwandte, lernten die zukünftigen Schwiegereltern ihrer Tochter näher kennen, machten Einkaufstouren oder einfach einen Ausflug zum Kaffee trinken. Konrad erfüllte ihr jeden Wunsch.

Am 12. März kamen wir zum Meisterinnentreffen bei Elke zusammen. Trotz Schneeschauer und Minusgraden hatten wir Frauen den Weg ins Münsterland gewagt. Ingrid war von Luise mitgenommen worden, sie wurde von allen besonders liebevoll begrüßt. Mir fiel sofort das kleine Pflaster an ihrem Kinn auf.

Hat sie sich beim Entfernen der Härchen geschnitten?, dachte ich, fragte aber wegen der Peinlichkeit nicht nach.

Am nächsten Tag rief Ingrid bei mir an: „Maria, ich habe Rezidive! Meine Wunde am Kinn ist auch Krebs, jetzt hole ich mir eine zweite Meinung in der Universitätsklinik Essen ein. Wann kannst du zu mir kommen?"

Ich fühlte mich, als ob ich einen Schlag in die Magengrube erhalten hätte, versuchte dennoch ruhig Fragen zu stellen und einen Termin mit ihr auszumachen.

Zwei Tage später saß ich bei meiner Freundin im Wohnzimmer. Das Kinn war jetzt vollständig mit einem Wundpflaster abgedeckt, welches schmutzigbraun durchtränkt war. Ingrid erzählte mir, dass ihr Onkologe eine weitere Chemotherapie mit dem Wirkstoff einer besonderen Eibe versuchen wollte.

„Du weißt ja, wie giftig Taxus ist," sagte sie zu mir.

Ich nickte verstört.

„Morgen fahre ich mit Konrad zu dem Professor nach Essen, mal sehen, ob der eine bessere Lösung hat. Der Krebs wächst rasend schnell, es muss zügig etwas passieren."

Sie hustete und wandte sich von mir ab. Ich streichelte ihren Rücken und erschrak, wie knochig er sich anfühlte.

Ich konnte nichts anderes tun, als für sie da zu sein, und das sagte ich auch: „Ich komme zu dir, so oft ich kann, ich lasse dich nicht im Stich."

Von dem Zeitpunkt an fuhr ich mindestens einmal in der Woche zu meiner Freundin. Ich wollte möglichst viel Zeit mit ihr verbringen, denn ich ahnte, dass diese Zeit begrenzt sein würde.

Der Termin in der Uni Essen brachte keine neuen Erkenntnisse und Therapievorschläge, man wollte Ingrid aber in eine Studie über diese Art von Tumoren einbringen. Ihr Onkologe wäre mit der Taxus-Chemotherapie auf dem Weg der neuesten Forschung, aber das Kinn müsste zuerst operativ versorgt werden.

Ende des Monats wurde Gewebe aus der Wunde entnommen und notdürftig vernäht. Das Kinn war jetzt mächtig angeschwollen und dick verbunden.

Ingrid klagte weder über Schmerzen noch über ihr schweres Schicksal. Sie erzählte mir nur, dass ihr Vater im Alter von 59 Jahren an Lymphdrüsenkrebs gestorben war.

„Ich habe viel von meinem Vater geerbt, Maria, auch die Veranlagung zu dieser Krankheit." Und dann wieder der Satz: „So sieht das aus."

Ich fror und das lag nicht nur an diesem eiskalten März.

Unwillkürlich drängte sich der 11. September 2001 in mein Gedächtnis, ein dunkler Tag, nicht nur für Amerika.

9/11

Der 11. September 2001 hat sich mit seinem Schreckensszenarium weltweit in die Köpfe aller Menschen eingebrannt, sofern sie das damals schon bewusst aufnehmen konnten. Für meinen Mann Wilm und für mich wurde er zusätzlich zu unserem ganz persönlichen Albtraum, der unser ganzes Leben, besonders aber das von Wilm, verändern sollte:

Ich saß im Aufenthaltsraum vor der neurochirurgischen Abteilung der Uniklinik. Hier hielt ich mich schon seit Stunden auf, immer die Uhr über der Tür zum Schwesternzimmer im Blick.

Inzwischen war es 13.05 Uhr geworden. Das Pflegepersonal schob die Wagen durch den Flur, um das Geschirr vom Mittagessen einzusammeln. Ich hatte den ganzen Tag noch nichts gegessen!

Jede weißgekleidete Person, die das Dienstzimmer verließ, sah ich erwartungsvoll an: Kommt sie auf mich zu? Bringt sie mir die erlösende Nachricht? Ich war in höchster Anspannung.

Vor einigen Wochen war bei Wilm bei einer Kernspinaufnahme ein Tumor im Rückenmark der Halswirbelsäule entdeckt worden. Die Ärzte konnten nicht sagen, ob er bös- oder gutartig war, aber sie drängten auf eine baldige Entfernung des Tumors, sonst würde eine Querschnittslähmung drohen. Nun wurde mein Mann operiert, und dieser risikoreiche Eingriff konnte glücklich oder desaströs enden, oder irgendwo dazwischen.

Als ich gerade eine SMS an meine Söhne tippte, kam eine Schwester auf mich zu: „Guten Tag, ich bin Schwester Bärbel, sind Sie Frau Valentin?"

Ich nickte aufgeregt.

„Wenn Sie möchten, dann können Sie mit mir auf die Intensivstation fahren und Ihren Mann sehen, er ist jetzt wach."

Und ob ich wollte!

Gemeinsam nahmen wir den Fahrstuhl und fuhren nach unten in den OP-Bereich. Ich weiß nicht mehr, wie viele Türen und Gänge wir passierten, aber dann standen wir in der postoperativen Intensivstation. Nachdem ich mich mit Schutzkleidung verhüllt hatte, betrat ich mit Schwester Bärbel die Station. Hier lagen einige Patienten an Überwachungsgeräten, die seltsame Geräusche an die Umgebung abgaben: ein Piepen, Brummen und Zirpen. Das Ganze vermischt mit dem Geruch von Chlor und Desinfektionsmitteln und den verhaltenen Stimmen des Pflegepersonals.

Ich entdeckte Wilm sofort – er lag mit geschlossenen Augen in seinem Bett. Ich trat an ihn heran und strich ihm über die Wange. Mein Mann öffnete die Augen und schaute mich mit angstvollem Blick an.

„Ich bin gelähmt", sagte er mit rauer Stimme, „die Sache ist schiefgegangen!"

Während er sprach, wischte sein linker Arm unruhig über die Bettdecke.

Ein Arzt kam zu uns und redete beruhigend auf Wilm ein: „Die Operation ist gut verlaufen, Herr Valentin, der Tumor konnte vollkommen entfernt werden, Sie haben großes Glück gehabt."

„Ich spüre meine rechte Körperhälfte nicht, Herr Doktor", flüsterte Wilm mit belegter Stimme, aber der Arzt war schon beim nächsten Bett angekommen.

Schwester Bärbel verabschiedete sich von meinem Mann und mir: „Sie kommen bald wieder zu mir auf die Station. Gute Besserung, Herr Valentin."

Ich warf einen Blick auf meine Armbanduhr, es war zehn Minuten nach 14 Uhr. Wilms Bettnachbar, ein junger Pfarrer – ich hatte ihn gestern in seiner Soutane gesehen – war nach seiner Operation schon munterer und schaute sich eine Fernsehsendung an. Ich begrüßte den jungen Mann und sprach ein paar Sätze mit ihm. Wilm war wieder eingeschlafen.

Kurze Zeit darauf kam die Stationsschwester ins Zimmer und überprüfte Puls und Blutdruck auf dem Monitor meines Mannes. Sofort war Wilm wieder wach.

„Schwester, meine rechte Seite ist weg, ich fühle sie nicht mehr", sagte er mit Panik in der Stimme.

Die Schwester schloss die Infusionen an den Zugang am linken Arm an und hängte die Beutel an einen Ständer.

„Nachher kommt der Professor und erklärt Ihnen alles, machen Sie sich keine Sorgen", versprach sie verbindlich und verschwand.

Ich zog mir einen Stuhl heran und setzte mich zu Wilm ans Bett und streichelte seine linke Hand. Seine verzweifelten Augen ließen mich nicht los, als er sagte. „Jetzt bin ich ein Pflegefall, lass mich nicht im Stich!"

Mein Versuch, die eigene Angst auszublenden, scheiterte, krampfhaft unterdrückte ich meine Tränen.

Mit belegter Stimme sprach ich beruhigend auf meinen Mann ein: „Ich bin ja für dich da, das weißt du doch. Die Gefühllosigkeit wird sich wieder geben, das sind die Nachwirkungen der Operation. Alles wird wieder gut, du wirst sehen."

Um 14.30 Uhr trat der Chefarzt persönlich in Erscheinung mit seiner weißbekittelten Gefolgschaft. Gemeinsam veranstalteten sie einige neurologische Tests bei Wilm, strichen über

Arme und Beine, fragten ihn: „Spüren Sie dies, oder spüren Sie das? Bewegen Sie die rechten Zehen, dann die linken! Tippen Sie mit dem linken Zeigefinger auf die Nasenspitze, dann mit dem rechten."

Wilm antwortete immer nur: „Ich fühle meine rechte Körperseite nicht!"

Ich beobachtete das Testprogramm sehr aufmerksam und erkannte dabei: Wilm zeigte keinerlei Reaktionen auf seiner rechten Körperhälfte, aber die linke Seite schien intakt zu sein. Er bekam sogar den Nasentest einigermaßen hin.

„Das Taubheitsgefühl wird sich bessern, Herr Valentin, nur Geduld. Den Tumor konnte ich nur durch den Eingriff ins Rückenmark vollständig entfernen, aber das muss sich nun erst beruhigen", sprach der Herr Professor und entschwand mit seiner Crew.

Angestrengt durch die Untersuchung schlief Wilm wieder ein.

Da erregte das Verhalten des Pfarrers meine Aufmerksamkeit. Er saß aufrecht im Bett, schlug sich beide Hände ins Gesicht und starrte auf den Fernseher: „Das ist doch nicht wahr", rief er laut aus, „wie kann das passieren?"

„Was ist denn los?", fragte ich besorgt den jungen Mann.

„Ein Flugzeug ist in einen Turm des World Trade Centers gekracht, sehen Sie mal." Dabei zeigte er auf den Bildschirm.

Nun drehte ich mich um und schaute auf die Szenerie. Einer der Twin Towers qualmte im oberen Drittel und Flammen züngelten heraus. Es sah gespenstisch aus. Dann der Kameraschwenk auf die Straßen. Menschen rannten, Feuerwehrfahrzeuge und Polizeiwagen rasten heran, ein heilloses Durcheinander.

Ein entsetzliches Unglück, dachte ich, da hat der Pilot die Flughöhe nicht eingehalten!

Wilms Bettnachbar zog den Kopfhörer heraus, sodass ich den Ton hören konnte; ein schrilles Sirengeheule drang an meine Ohren. Ein weiteres Flugzeug erschien auf dem Bildschirm, es flog auf den zweiten Turm zu. – Mir stockte der Atem. – Schon war es gefährlich nahe am Südturm und, wie in weiche Butter, bohrte sich der Körper des Flugzeugs in das hohe Gebäude und verursachte eine gewaltige Explosion. Ein Flammeninferno brach heraus, dicker grauer Qualm wälzte sich aus dem Turm und verdunkelte den Himmel. Auf den Straßen schrien die Menschen und hetzten vor dem Grauen davon, sich voll Entsetzen umschauend.

„Ist das vielleicht ein Horrorfilm über ein Endzeitszenarium?", fragte ich den jungen Mann.

„Nein, das ist ein grauenvoller Terroranschlag auf Amerika, das sind echte Nachrichten", antwortete er sichtbar fassungslos. Er war ganz blass und seine Hände zitterten.

Wilm räusperte sich, er war wach. Ich erzählte ihm von dem furchtbaren Ereignis, aber er nahm es nicht auf, war mit sich beschäftigt.

„Was soll nun werden, wenn ich gelähmt bleibe?", fragte er mich verzweifelt. Ich konnte ihm keine vernünftige Antwort geben. Um uns herum schien sich unser bisher sicheres Leben aufzulösen.

Auf dem Bildschirm wurden die brennenden Türme gezeigt, dann kam der Nachrichtensprecher ins Bild. Er redete von Flugzeugentführungen, Al Kaida, dem Pentagon und den Menschen, die noch in den brennenden Twin Towers festsaßen. Gemeinsam mit dem Bettnachbar starrte ich auf den Fernseher. Mit Entsetzen verfolgten wir den Sprung eines Menschen aus einem Fenster der oberen Stockwerke. Der Pfarrer sprach leise ein Gebet.

Inzwischen war es 16 Uhr geworden. Trotz der Anspannung

war ich todmüde. Ich sollte dringend etwas essen und trinken. Da brach unter einer gewaltigen Qualmwolke der Südturm des World Trade Centers zusammen. Am Grund vergrößerte sich die Wolke, blähte sich auf und wälzte sich durch die Straßenschluchten von New York, schreiende Menschen vor sich her treibend.

So sieht die Apokalypse aus, dachte ich, wie das Ende der Welt. Nach und nach erfuhren wir, dass es in Amerika weitere Flugzeugentführungen und Anschläge gegeben hatte. Unser Leben war ganz plötzlich aus den Angeln gehoben worden.

Aber es kam noch schlimmer: Auch der Nordturm brach mit Getöse ein und verdunkelte mit seinen Qualm-Lawinen alles Licht. Mit Entsetzen dachte ich an die Menschen, die es nicht rechtzeitig aus den Türmen heraus geschafft hatten.

Wilm stöhnte leise, er verlangte zu trinken, aber er durfte den Kopf nicht anheben, die Operationsnarbe im Nacken war noch zu frisch. Er bekam ja Flüssigkeit über die Infusion zugeführt.

„Morgen sieht alles schon besser aus", versprach ich meinem Mann, „dann darfst du trinken, essen und vielleicht schon auf der Bettkante sitzen. Ich bin morgen wieder bei dir!"

Bevor ich emotional und körperlich zusammenbrach, musste ich mich dringend auf den Heimweg machen. Ich hatte noch eine weite Autofahrt vor mir, auf der mir nichts passieren durfte.

Unsere Söhne warteten angespannt auf Informationen, und ich musste endlich etwas essen und mich ausruhen.

Der 11. September hatte die Grenze meiner Belastbarkeit überschritten. Ich würde nun alle Kraft für eine anstrengende Zeit sammeln müssen.

Es wurden Wochen voller Sorgen und Anspannung für uns. Wilm hatte eine lange Zeit der Rekonvaleszenz vor sich, zwar

war der Tumor letztendlich gutartig gewesen, aber das Taubheitsgefühl in der rechten Körperhälfte blieb. Auch eine Rehabilitations-Kur verbesserte seinen Zustand keineswegs. Aber zuhause kämpfte sich Wilm weitgehend ins normale Leben zurück.

Wird Ingrid es schaffen?

Am 3. April begab sich meine Freundin wieder ins Klinikum Dortmund. Das Krebsgeschwür am Kinn war aufgeplatzt und ließ sich mit einfachen chirurgischen Maßnahmen nicht wieder verschließen. Ingrid hatte nun eine große Operation mit Hautverpflanzung aus der Brust vor sich.

„Hoffentlich sehe ich danach nicht ganz entstellt aus," sagte sie heiser zu mir.

„Die Gesichtschirurgie kann heute Großartiges leisten, das weißt du doch," meinte ich mit fester Stimme, obwohl ich gar nicht davon überzeugt war.

Ich hatte Angst vor dem Ergebnis und meine Freundin auch, aber das versuchte sie, so gut es ging, zu verbergen. Es kam mir so sinnlos und banal vor, ihr alles Gute für die Operation zu wünschen. Ihr zu sagen, dass ich in Gedanken bei ihr wäre. Ihr zu versprechen, an ihrem Bett zu sitzen, wenn sie wieder wach wäre. Wie schafft man es, in dieser Situation die richtigen Worte zu finden? Kein Mensch wird darauf vorbereitet! Auch ich hatte ständig das Gefühl, etwas Falsches gesagt zu haben. Aber ich spürte, Ingrid und ich waren uns auch ohne Worte nah, wir fühlten uns miteinander verbunden, da genügten oft Blicke und Gesten.

Am 4. April fand die Operation statt, ich saß zuhause und wartete fieberhaft auf eine Nachricht, aber ich hörte nichts.

Am nächsten Tag rief ich bei Konrad an. Was er mir erzählte, bestätigte meine schlimmsten Befürchtungen: „Ingrid liegt noch im Koma, ihr Zustand ist sehr ernst. Die Ärzte überlegen, ob sie einen Luftröhrenschnitt machen sollen. Sie sieht furchtbar aus; an Kinn und Hals hat sie große Hautlappen angenäht bekommen. Bitte komm noch nicht ins Krankenhaus, es hat keinen Sinn, aber ich halte dich auf dem Laufenden."

Nach diesem Gespräch war ich nicht in der Lage, etwas Vernünftiges anzufangen. Ich ging rastlos durchs Haus, versuchte mich mit einer Arbeit abzulenken, aber das gelang mir nicht. Ich dachte ununterbrochen an Ingrid und ihren Zustand.

Am Tag darauf holten die Ärzte meine Freundin aus dem künstlichen Koma zurück in ihre grausame Realität. Die Spontanatmung funktionierte nicht, darum legte man ihr den Beatmungsschlauch durch einen Schnitt von außen in die Luftröhre.

Dies alles erfuhr ich von Konrad, der sich jetzt öfter mit dem Handy aus der Klinik meldete. Er erzählte mir auch, dass Ingrid niemanden sehen wollte, nicht einmal ihre Kinder.

„Sie befindet sich in einem sehr kritischen Zustand."

Daran änderte sich auch in den nächsten Tagen nichts, bis mich Konrad in völlig aufgelöstem Zustand anrief: „Ingrid will sterben, sie fleht mich an, ihr zu helfen, aber das darf doch nicht sein! Sie kann zwar nicht sprechen, hat aber einen großen Block Papier vor sich und darauf schreibt sie es immer wieder. Ich weiß mir keinen Rat mehr, ich bin am Ende, bitte komm ins Krankenhaus, damit ich Unterstützung habe!"

Am 11. April stand ich vor der Tür zur Intensivabteilung und schellte. Nachdem man mich eingelassen hatte, bekleidete ich mich mit dem viel zu großen Schutzkittel und desinfizierte meine Hände gründlich.

Die Schwester erklärte mir den Weg zu meiner Freundin: „Da hinten links der letzte Eingang."

In dem Raum befanden sich drei Intensivplätze mit Vorhängen, um die Intimsphäre zu wahren.

Leider war kein Vorhang zugezogen! Am Bett eines älteren Mannes, der verhalten stöhnte, stand ein Krankenpfleger, mit irgendetwas beschäftigt, das ich nicht sehen konnte. In der Luft hing der Geruch von Desinfektionsmitteln und Krankheit. Verschiedene schrille Töne, die von den medizinischen Überwachungsgeräten erzeugt wurden, mischten sich mit den Lauten der Patienten, eine furchtbare Geräuschkulisse! Ingrid lag am Fenster und hatte die Augen geschlossen. Ich erkannte sie nur an ihren silberfarbenen Haaren.

Ihr Anblick schockierte mich bis ins Innerste. Lange Nähte mit schwarzen Fäden durchzogen die untere Gesichtshälfte und den Hals. Damit waren die entnommenen Hautlappen auf den Operationswunden befestigt worden. Die verpflanzten Hautteile hoben sich blutrot von der übrigen, sehr blassen Haut ab.

Hoffentlich hat sie sich noch nicht im Spiegel gesehen!, dachte ich entsetzt.

Die Atmung meiner Freundin regelte ein Tracheostoma, das heißt, eine Kanüle führte direkt in die Luftröhre am Hals, wo ein Schnitt gesetzt worden war. Aus der Eintrittsstelle brodelten Luftblasen, die Feuchtigkeit auf die umliegenden Hautpartien verteilten. Ich verfolgte den Beatmungsschlauch bis zu einem Gerät, auf dem ein Monitor die Anzahl der Atemzüge anzeigte. Verschiedene dünne Schläuche führten Flüssigkeiten in Ingrids Körper, ich kannte davon nur die Glukose, die anscheinend die Nahrung ersetzte. Ich trat ans Bett und strich Ingrid zärtlich über die Stirn, die sich feuchtkalt anfühlte. Sofort schlug sie die Augen auf und blickte mich angstvoll an.

„Ich weiß, du willst keinen Besuch hier haben, aber darf ich trotzdem an deiner Seite sein?", fragte ich meine Freundin.

Kaum war zu merken, dass sie nickte, dann wanderten ihre

Augen unruhig umher und blieben auf dem Nachttisch hängen. Dort lagen ein großer Schreibblock und ein schwarzer Filzschreiber. Ich gab ihr beides auf die Bettdecke.

Ingrid begann sofort in großen Buchstaben zu schreiben. Was ich da las, verursachte ein Gefühl der verzweifelten Hilflosigkeit in mir: *Ich will heute noch sterben!*

„Es wird dir bald wieder besser gehen, gib dich nicht auf", sagte ich leise, denn inzwischen war der Pfleger ans Bett getreten, um den Tracheostoma zu versorgen. Er blickte teilnahmslos auf den Block, zeigte aber keine Reaktion, aber ich war mir sicher, dass er den Satz gelesen hatte. Dann drückte er an einem Gerät verschiedene Knöpfe und entfernte sich zum Nachbarbett.

Datum?, schrieb Ingrid auf ihren Block.

„Heute ist der 11. April", gab ich zur Antwort.

Meine Freundin notierte das Datum auf dem Block und setzte ihre Unterschrift darunter, dann riss sie das Blatt ab und reichte es mir.

„Soll ich das jetzt irgendwem geben?"

Doktor Lammert, schrieb sie auf das nächste weiße Blatt Papier.

Dann kritzelte sie hektisch weiter, und ich beugte mich über den Block, um mitzulesen: *Ich will sterben, bin nur sehr traurig über die Umstände während meines Sterbens. Ich möchte von der Firma Suberg beerdigt werden.* Dann wieder Datum und Unterschrift.

Ich konnte es gut verstehen, dass Ingrid ihren entsetzlichen Zustand beenden wollte. Hellwach musste sie erleben, nicht mehr sprechen zu können, künstlich beatmet und ernährt zu werden. Dass sie furchtbar entstellt aussah, konnte sie wahrscheinlich nur vermuten. Hatte sie einen Spiegel zur Hand?

Zudem fand ich die Situation auf der Intensivstation sehr

entwürdigend und wenig menschlich. Hier ging es nur um Überwachung der Vitalfunktionen. Hier hätte ich nicht meine letzte Zeit verbringen wollen.

Bitte hilf mir!, schrieb Ingrid mit großen Buchstaben und sah mich verzweifelt an.

„Ich bringe das Blatt mit deiner Unterschrift jetzt sofort zu Dr. Lammert", versprach ich und verließ den Intensivraum.

Auf dem Gang kam mir Konrad entgegen, begleitet von einer Krankenschwester. Die beiden waren in eine ernste Unterhaltung vertieft.

Als Konrad mich sah, nahm er mich in den Arm und sagte: „Danke, dass du da bist, darf ich dir Ingrids Kollegin Anne von der Diabetesstation vorstellen?"

Ich zeigte den beiden das Blatt Papier, das ich in der Hand hielt.

„Davon habe ich schon drei Stück zuhause! Das alles ist so schrecklich!", offenbarte Konrad mit Tränen in den Augen.

„Ich habe auch welche in meinem Büro", sagte Schwester Anne zu mir, „und Doktor Lammert hat ebenfalls schon zwei Exemplare."

„Was sollen wir nur tun?", fragte ich mutlos.

Und dann erklärte die Krankenschwester Konrad und mir, was eigentlich ein Arzt hätte tun sollen: „Ingrid hat ein Durchgangssyndrom mit postoperativen Delirien. Das kommt von der langen Narkose, in der sie war. Manche Patienten sehen Tiere an den Wänden entlang krabbeln, andere sprechen mit Personen, die nicht vorhanden sind. Man wird jetzt ein Antidepressivum einsetzen, vermute ich, dann wird der Todeswunsch sich legen."

Das hatte sie uns plausibel erklärt, aber bei mir blieb trotzdem der leise Verdacht bestehen, dass Ingrids Todessehnsucht nicht nur in dem Delirium begründet war.

Zu dritt traten wir ans Krankenbett und gleich wurde Ingrid

sehr aufgeregt. Ihre Pulsfrequenz stieg an, das konnte ich auf dem Monitor sehen, und schon ertönte ein schrilles Piepen.

Unaufgeregt kam der Pfleger heran und überprüfte Technik und Vitalfunktionen.

„Alles in bester Ordnung, entspannen sie sich", sagte er zu Ingrid gewandt, „soll ich das Steckbecken holen?"

Holen Sie Dr. Lammert, schrieb sie auf den Block.

„Der kommt nachher sowieso." Der Pfleger verschwand.

Ich wischte meiner Freundin den Schweiß von der Stirn und sprach beruhigend auf sie ein: „Alles wird wieder besser, du musst erst von dieser Station herunter sein. Hier ist es schlimm, und es geht dir dreckig, aber du wirst dich erholen. Bald kannst du wieder lesen und mir Nachrichten schreiben, und diesen schrecklichen Schlauch wirst du auch los."

Ich versuchte, mein Bestes zu geben, um meine Freundin zu beruhigen. Konrad versprach seiner Frau, alles für ihre Versorgung und Pflege zu tun, wenn sie entlassen würde. Schwester Anne versicherte, sich um einen Intensivpflegeplatz in einer anderen Abteilung zu kümmern. Ingrid beruhigte sich allmählich, ihr Blick irrte nicht mehr durch den Raum. Sie betrachtete uns aufmerksam. Sah ich einen Anflug von Enttäuschung in ihren Augen?

Auf dem Heimweg nahm ich mich sehr zusammen, um keinen Fahrfehler zu begehen. Ingrids Gesicht ließ mich nicht los. Warum musste sie so viel ertragen? Die Musik drehte ich voll auf.

Wieder zuhause, führte ich lange Gespräche mit Wilm und schilderte ihm die verzweifelte Situation meiner Freundin. Er machte sich Sorgen, dass die Besuche in der Klinik mich zu sehr belasteten.

Und dann berichtete er mir von einem aufregenden Fall in der Nachbarschaft.

Gefangen

Clara Wiemann hatte es sich am Sonntagabend mit einem Buch in ihrem Fernsehsessel gemütlich gemacht. Sie war schon fertig fürs Bett und der Bademantel hüllte sie ein. An den Füßen trug sie ihre selbstgestrickten Wollsocken, sie fror neuerdings so schnell. Als das Telefon klingelte, erhob sie sich schwerfällig, denn die Knie wollten nicht mehr so recht jede Bewegung mitmachen und versagten manchmal den Dienst, ihren schweren Körper zu tragen.

„Ja, bitte", sprach sie in den Hörer, denn so spät am Abend meldete sie sich nie mit ihrem Namen.

„Hallo, Mama", klang die forsche Stimme ihres Sohnes an ihr Ohr, „wir sind gut gelandet, das Hotel ist super und der Meerblick aus dem Zimmer ist umwerfend. Ist alles klar bei dir?"

„Was soll schon sein, erholt euch gut und meldet euch mal, ja", antwortete Clara ihrem Sohn.

„Du weißt, es ist teuer von Teneriffa zu telefonieren, aber ich rufe im Laufe der Woche noch mal an. Mach keine Dummheiten, Mama!"

Immer macht er sich Sorgen, dachte sie und legte den Hörer auf die Ladestation. Dann schlurfte sie ins Badezimmer und setzte sich auf den Wannenrand, um die Socken auszuziehen. Die linke rutschte ganz leicht vom Fuß, aber bei der rechten Socke musste sie das Bein etwas höher heben.

Und da passierte es.

Plötzlich machte sie einen Satz nach hinten und schlug hart mit dem Kopf gegen die Fliesenwand. Einen Augenblick war Clara benommen, dann aber erkannte sie glasklar, in welch prekärer Lage sie sich befand.

Sie klemmte unten quer in der Badewanne fest, die Beine hoch erhoben am Wannenrand und den Rücken gegen kaltes Emaille gepresst. Das Herz klopfte wie wild in ihrer Brust, der Kopf dröhnte und Panik ergriff von ihrem Körper Besitz, ließ ihn zittern.

Ruhig bleiben, Clärchen, nachdenken, suggerierte sie sich selbst.

Sie atmete tief ein und aus und versuchte, sich am Wannenrand hochzuziehen. Einmal, zweimal, der Po bewegte sich keinen Zentimeter in die Höhe. Beim dritten Versuch blieb ihr fast die Luft weg, und sie musste ihren keuchenden Atem beruhigen. Pause…

Clara stemmte ihre Arme neben sich auf den Wannenboden und ruckelte mit Gesäß und Beinen. Nochmals und nochmals. So war es auch nicht zu schaffen!

Ich muss mich ganz in die Wanne setzen, dann habe ich eine Chance, dachte die Frau angstvoll. Langsam, Zentimeter für Zentimeter, rutschte sie mit ihrem Hintern herum und zog die Beine nach, bis sie, wie zu einem Vollbad, in der Wanne saß. Clara lehnte sich zurück, verschnaufte einen Augenblick und zog dann die Beine an ihren Körper heran. Sie bemerkte, dass ihr Schlüpfer nass war.

Beide Arme auf den Wannenrand gelegt, versuchte sie, sich empor zu stemmen. Die Beine rutschten weg, wollten nicht mitmachen, waren zu schwach. Aber die verzweifelte Frau gab nicht auf. Immer wieder versuchte sie, ihren schweren Körper aus der Wanne zu heben, bis die Erschöpfung ihrer Mühe Einhalt gebot.

Clara spürte ihren Herzschlag dröhnend im Kopf.

Liegt die Blutdrucktablette noch im Dispenser?, ging ihr durch den Kopf. Wenn ich jetzt einen Schlaganfall bekomme, dann findet mich niemand! Ich muss mich bemerkbar machen!

Neben ihr befand sich die Armatur. Clara nahm die Handbrause heraus und hämmerte wie wild auf das Badewannenemaille.

Klack, klack, klack, tönte es dumpf durch die Nacht. *Klack, klack, klack.*

„Hilfe, Hilfe!", schrie sie laut.

Dann, auf Reaktionen wartend, schoss es der alten Frau siedend heiß durch den Kopf: Wer soll mich hören? Die junge Familie über mir ist ja in den Osterferien verreist und der alte Herr im Parterre ist fast taub! Und wenn die fröhliche Flurnachbarin wieder bei ihrem Freund schläft? Da kann ich lange klopfen und rufen!

Clara fror, sie zog den Bademantel fest um sich, lehnte den schmerzenden Kopf zurück und dachte über ihre Situation nach: Wie schaffe ich es, mich bemerkbar zu machen?

Die nächsten Stunden gingen vorbei mit Rufen und lautem Hämmern mit der Handbrause, aber diese Geräusche waren die einzigen im Haus.

Irgendwann schlief die erschöpfte Frau ein. Als sie erwachte, bahnte sich durch den Spalt ihrer Rollladen ein Sonnenstrahl. Sie wusste erst nicht, wo sie sich befand, ihr Körper schmerzte, und schnell kroch die Angst wieder in ihr hoch.

Montagmorgen. Die Geräusche von Betriebsamkeit klangen leise von der Straße ins Bad. Clara war durstig. Sie nahm die Brause in die rechte Hand und bediente mit der linken die Armatur. Das kühle Wasser schoss ihr ins Gesicht, sie sperrte den Mund weit auf und schluckte gierig. Am Ende war ihre spärliche Kleidung durchnässt und sie fror erbärmlich. Verzweifelt startete die alte Frau weitere Versuche empor zu kommen, aber ihr Körper versagte ihrem Willen den Dienst.

Wieder und wieder schlug sie mit der Brause an die Wanne, klopfte an die Fliesen, schrie laut um Hilfe bis sie ganz heiser war, aber nichts geschah. Zitternd vor Kälte und Erschöpfung gab sie auf. War dies das Ende?

Die hilflose Frau begann zu grübeln. Hatte sie eine Chance, rechtzeitig gefunden zu werden, rechtzeitig genug, bevor ihr krankes Herz aufgab?

Sie war auf Medikamente angewiesen und spürte bereits deutlich den stolpernden Herzschlag. Wem würden die geschlossenen Rollläden auffallen? Wer bemerkte, dass die Zeitung im Kasten steckte? Der Sohn war mit seiner Familie verreist, er würde erst in einigen Tagen wieder anrufen. Niemand würde sie vermissen.

Clara bemerkte, dass ihr die Tränen über die Wangen liefen, sie wischte sie mit dem Ärmel des Bademantels ab. Sie fror erbärmlich.

Wenn ich es schaffe, auf alle Viere zu kommen, dann könnte es gelingen, überlegte sie. Aber dazu musste sie sich umdrehen.

Clara versuchte, ihren schweren Körper zu drehen, aber es ging nicht. Sie passte gerade zwischen die Wannenseiten, für Drehungen blieb kein Spielraum. Also stellte sie wieder ihre Beine auf, zog sie an sich und versuchte erneut hochzukommen. Die Anstrengung raubte ihr den Atem, der ganze Körper zitterte, alles schmerzte. Die Sache blieb erfolglos, und sie gab es auf, sich selber aus dieser furchtbaren Lage zu befreien.

Die nächsten Stunden verbrachte sie mit Klopfen und Rufen: „Hilfe, Hilfe, ich bin gefangen!"

Nichts passierte. Ihren Durst konnte sie stillen, aber den Hunger nicht, der sich in die Magenwände grub. Am Abend, als kein Licht mehr von außen durch die Spalte drang, war sie ermattet und hoffnungslos. Clara dachte an ihren Mann, der schon so lange vor ihr gegangen war. Würde sie ihn bald wiedersehen? Sie träumte von ihrer Kindheit, sah sich auf der grünen Wiese spielen, schmeckte die warme Milch, die direkt aus dem Stall kam. Dann hielt sie den Sohn auf dem Arm, ihr größtes Glück.

Gnädig kam der Schlaf über die alte Frau und gönnte ihr eine Zeit der Träume. Dann brach wieder ein Morgen an. Dienstagmorgen.

Sie stillte ihren Durst. Ihr Körper war sonderbar gefühllos geworden, aber das Herz ratterte, stolperte, setzte aus und pochte mit harten Schlägen weiter. Der Geruch von Urin stieg in ihre Nase, darum nahm sie die Handbrause und spülte den Unterleib samt Kleidung mit warmem Wasser ab. Nun saß sie zwar in der Nässe, aber für eine kurze Zeit war es warm.

Ihr Telefon klingelte und verstummte wieder. Wer konnte das gewesen sein? Womöglich Ewa, um abzusagen!

Ewa war ihre langjährige Hilfe, sie kam treu jeden Mittwoch, außer, wenn sie krank war.

„Hoffentlich kommt Ewa morgen, lieber Gott, lass sie nicht krank sein!", betete die verzweifelte Frau. Ewa besaß einen Schlüssel zur Wohnung.

Ich muss bis morgen durchhalten, dachte Clara, ich will noch nicht sterben!

Der Hunger bohrte schmerzhaft in ihren Eingeweiden. Als ausgebildete Hauswirtschafterin konnte sie schmackhaft kochen und hatte immer mit gutem Appetit gegessen. Selbst im Krieg hatte sie nie hungern müssen, denn Clara war auf einem Bauernhof aufgewachsen. Nun kamen ihr die großen Schlachtfeste in den Sinn; die Mutter hatte ihr gezeigt, wie man Leberwurst und Blutwurst rührt. Der fettige Dunst der Wurstküche erreichte ihre Sinne. Dann erschien ihre Lehrherrin vor ihr und bot ihr Pralinen an: „Für dich, Clärchen". Sie langte danach und griff ins Leere.

Die Badezimmerleuchte begann sich zu drehen und verstreute Lichtstrahlen im Raum. Ein merkwürdiger Ton drang an ihre Ohren, ein Summen und Zirpen, das sie nicht einordnen konnte.

Plötzlich sah sie ihren Vater auf einer grünen Wiese winken, er lächelte ihr zu: „Komm, Clärchen, deine Stute hat ihr Fohlen bekommen."

Dann wurde alles schwarz.

„Frau Wiemann, können Sie mich hören? Frau Wiemann, hallo!" Jemand klatschte auf ihre Wangen. Clara versuchte krampfhaft, die Augen zu öffnen. Besorgte Gesichter beugten sich über sie, sie drehte den Kopf, sah verschwommen Menschen in Weiß und Orange in ihrem Badezimmer und vernahm hektische Zurufe: „Schnell, schnell, sie lebt noch!"

Sie spürte, wie sie hochgehoben und wieder abgesetzt wurde. Ihre Gefangenschaft war vorbei. Jemand machte sich an ihr zu schaffen und deckte sie zu, ein anderer maß Blutdruck und Puls, legte Zugänge. Alle sprachen beruhigend auf sie ein.

Dies alles nahm Clara wie durch einen Wattevorhang wahr, aber sie fühlte sich angenehm geborgen.

Ewa stand in der Badezimmertür und blickte besorgt auf das Szenarium. Nervös drehte sie den Schlüssel in der Hand.

Ingrid wird verlegt

Zwei Tage später war ich wieder in der Klinik und fragte an der Information nach dem Zimmer von Ingrid. Sie war jetzt in einer anderen Intensivstation untergebracht. Anne hat das möglich gemacht. Hier waren nur zwei Betten belegt, sorgsam abgegrenzt durch einen geschlossenen Vorhang. Die Atmosphäre war persönlicher und intimer. Ingrid las die Tageszeitung, was mich sofort beruhigte.

Sie freute sich über meinen Besuch und begann zu schreiben: *Ich weiß nicht mehr, was nach der Operation war, kannst du es mir erzählen?*

„Du hattest ein postoperatives Belastungssyndrom", antwortete ich, „ich bin ja so froh, dass es dir besser geht!"

Zwar sahen die Operationswunden noch immer schlimm aus, aber ich gewöhnte mich allmählich an den Anblick, es machte mir nicht mehr so viel aus. Meine Freundin wurde nach wie vor beatmet und über einen Zugang in der Leiste ernährt, aber die Intensivschwester, die nun ins Zimmer kam, war freundlich und mitfühlend. Sie cremte die wunden Hautstellen um den Tracheostoma ein und lagerte den Beatmungsschlauch etwas um. Dabei erklärte sie meiner Freundin jeden Vorgang und fragte nach, ob es so oder so angenehmer für sie wäre.

Auf dem Tisch mit den Pflegeutensilien lag eine blaue Mappe, in die die Krankenschwester Notizen machte. Ich schaute später hinein und las unter der Medikamentenliste *Mirtazapin*. Da wusste ich, dass man Ingrid ein Antidepressivum verabreichte.

Du musst mich nicht so oft besuchen, schrieb meine Freundin, *ich bin kein schöner Anblick.*

Also hatte sie doch einen Spiegel!

„Auf Äußerlichkeiten habe ich noch nie was gegeben, wie du ja weißt", antwortete ich schlicht.

Am darauffolgenden Tag erreichte mich eine SMS von Ingrid: *Werde morgen wieder operiert, ein Kieferbruch, sie setzen eine Metallplatte ein.*

„Oh, mein Gott, was musst du noch alles aushalten?"

Meine Frage blieb unbeantwortet.

Es sollte nicht die letzte Operation sein. Ich wünschte mir, ich hätte einen starken Glauben, dann hätte ich vielleicht Trost im Gebet gefunden.

Erstaunlicherweise überstand Ingrid die Kieferoperation ganz gut. Die Ärzte hatten eine Naht am Kinn wieder geöffnet und den Unterkiefer versorgt. Die Narkose war zum Glück nur von kurzer Dauer gewesen.

Ich fand meine Freundin, von einem Blumenmeer umgeben, nun in einem Krankenzimmer der Diabetesstation wieder. Der Beatmungsschlauch war verschwunden, nur die Kanüle steckte noch im Hals. An der Wand hingen Fotos ihrer Lieben und welche, die Ingrid in schönen Momenten ihres Lebens zeigten, Erinnerungen an glückliche Zeiten.

Such dir eins aus, schrieb Ingrid, als ich mir die Bilder anschaute. Ich nahm ein Urlaubsfoto ab, an einem Strand in der Türkei aufgenommen.

„Möchtest du jetzt ein wenig auf der Bettkante sitzen, damit der Kreislauf sich erholt? Ich kann dich stützen."

Gleich darauf saßen wir Freundinnen gemeinsam Arm in

Arm auf der Bettkante und ließen die Beine baumeln. Eine Schwester kam ins Zimmer und brachte einen Becher mit Milchkaffee.

„Versuch einige Schlucke zu trinken, Ingrid, dann bekommst du mal einen anderen Geschmack in den Mund."

Es funktionierte nicht. Die braune Flüssigkeit lief zurück auf die Zelltücher, die ich unter den Mund gehalten hatte. Der Schluckversuch endete in einem Hustenanfall.

„Wie soll deine Ernährung gesichert werden, wenn du nicht essen kannst?", fragte ich besorgt. „Die Glukose und Elektrolyte über den Leistenzugang reichen doch auf die Dauer nicht aus."

Morgen wird eine transnasale Magensonde gelegt, schrieb meine Freundin auf den Block. Sie kommentierte das nicht weiter, schien sich in ihr Schicksal zu fügen.

Mein Blick fiel auf ein Prospekt der Palliativpflege auf dem Nachtschrank. Ich nahm es zur Hand, blätterte darin und fand einige Adressen von Palliativpflegediensten in der näheren Umgebung.

Heute war ein Psychologe bei mir und brachte mir das mit, schrieb Ingrid, *ich werde Hilfe brauchen, wenn ich zuhause bin.*

Um irgendetwas Sinnvolles zu tun, cremte ich meiner Freundin die Beine ein und massierte die Füße.

„Danke!", krächzte sie, als ich mich verabschiedete. Sie hatte versucht, zu sprechen.

Wie furchtbar muss es sein, sich bei klarem Verstand nicht sprachlich äußern zu können!

Körperfesseln

Luise Behrends drehte ihren Kopf in Richtung Nachtschrank und schaute auf das beleuchtete Zifferblatt ihres Weckers. Sonst war es dunkel im Zimmer. Erst 5 Uhr, dachte sie, jetzt geht die Warterei wieder los.

Sie wusste, dass sie nicht wieder einschlafen würde, ein Morgenmensch, wie sie gewesen war. Immer früh auf den Beinen, die Hausarbeit schon erledigt, wenn sie zur Schule fuhr. Mit den Schülern war sie gut zurecht gekommen, hatte ihnen Verständnis für die Kunst vermittelt und manches Talent gefördert. Und später, nach der Pensionierung, wurde sie bei allen Jahrgängen zu den Treffen der ehemaligen Abiturienten eingeladen. Sie ging immer hin und freute sich darüber, dass man sie nicht vergessen hatte.

Ein Ehemann und eigene Kinder waren zwar in ihren Träumen aufgetaucht, doch der Richtige hatte nicht vor der Tür gestanden, und von Kindern war sie ja immer umgeben gewesen.

Lange war das nun schon her. Jetzt lag sie einsam und hilflos in diesem Pflegebett und wartete auf die Altenpflegerin. Vor vier Monaten hatte sie einen Schlaganfall erlitten, und weil man sie so spät gefunden hatte, konnte sich die schwere Lähmung der rechten Körperhälfte auch mit der besten Therapie nicht zurückbilden. Ihr selbstbestimmtes Leben musste sie nach dem Aufenthalt in Klinik und Kurzzeitpflege aufgeben.

Ein amtlicher Betreuer regelte nun alles für sie, bestimmte ihren Aufenthaltsort und organisierte die Besuche eines Pflegedienstes. Mit einigen Einsätzen am Tag sollte sie versuchsweise in der eigenen Wohnung bleiben, vorerst.

Luise Behrends konnte das Bett nicht mehr verlassen. Die Körperpflege führten Pflegerinnen durch, und die Nahrung floss durch eine Sonde direkt in den Magen. Sie war vollkommen auf Hilfe angewiesen und fühlte sich als Gefangene in ihrem eigenen Körper.

Aber das war noch nicht das Schlimmste. Seit dem Schlaganfall war sie nicht mehr in der Lage zu sprechen. Immer und immer wieder versuchte sie es, formulierte ihre Gedanken, setzte Buchstaben zusammen, aber es kam nur ein brodelnder Laut aus ihrer Kehle. Der Betreuer hatte eine Logopädin ans Krankenbett bestellt und deshalb Kämpfe mit der Krankenkasse ausgefochten. Die Therapie war vergebens!

Dabei war sie geistig hellwach, konnte alles verstehen, was man um sie herum sprach. Der Verstand war analytisch klar wie eh und je, obwohl sie schon 91 Jahre alt geworden war. Aber ihre Gedanken saßen nun gefangen in ihrem Kopf und konnten nicht nach draußen gelangen. Dabei hätte die alte Frau so viel zu erzählen gehabt.

„In der linken Gehirnhälfte hat sich ein Gefäß verschlossen", erklärte damals der Chefarzt der Neurologie. „Daher rührt die rechtsseitige Lähmung und die Aphasie. Sie müssen wissen, dass sich die Pyramidenbahnen zwischen Gehirn und Rückenmark kreuzen."

Natürlich wusste sie das, sie war ja nicht ungebildet.

Darüber dachte Luise Behrends nach, als die Zeit im Schneckentempo verstrich und das Warten keine andere Möglichkeit zuließ, als Gedanken zu produzieren.

Inzwischen schmerzte die linke Schulter stark, die Lagerungskissen drückten unangenehm auf die Wirbelsäule und der Urin in der vollgesogenen Windelhose stach wie mit tausend Nadeln auf die zarte Haut ein. Sollte sie doch lieber einen Blasenkatheter legen lassen, wie die Schwestern vorgeschlagen hatten?

Sie horchte nach draußen, hörte Fahrzeuge vorbeirauschen. Es war schon Betrieb auf der Straße.

Wenn mich Anna nicht gefunden hätte, wäre ich jetzt befreit von den Beschwernissen meines Lebens, dachte sie. Ich müsste keine Schmerzen ertragen und mich nicht wie ein Kleinkind waschen lassen. Sie schämte sich so sehr beim Wechseln der stinkenden Windelhosen.

Eingesperrt in Bett und Zimmer verbringe ich nun meine Tage mit Warten. Worauf? Auf ein freundliches Wort, einen liebevollen Händedruck? Luise grübelte über ihr Schicksal nach: Haben meine Gedanken überhaupt einen Sinn?

Da fiel ihr der Satz des Philosophen Descartes ein: Ich denke, also bin ich! Cogito ergo sum.

Das Denken ließ sich nicht abstellen.

Anna wohnte nebenan und verwahrte einen Schlüssel zu Luises Wohnung, für den Notfall. Der war eingetreten, als die Tageszeitung am Nachmittag immer noch vor der Tür lag.

Als sie ihre Nachbarin auf dem Fliesenfußboden in der Küche fand, da war es Rettung in letzter Minute.

Draußen wurde eine Autotür zugeschlagen, dann ein kurzes Klingeln an der Tür, bevor die Wohnungstür ins Schloss fiel. Danach klapperten die Kleiderbügel an der Garderobe.

Die alte Frau kannte jedes einzelne Geräusch. Wer heute wohl kommt, dachte sie noch, da ging die Tür zum Zimmer auf und das Licht wurde angeknipst.

Schwester Heike trat ans Bett: „Guten Morgen, Frau Behrends, Sie sind ja schon wach. Hoffentlich haben Sie gut geschlafen."

Eine Antwort erwartete die Pflegerin nicht, sie entfernte sofort die Lagerungskissen und warf sie mit Schwung in einen Sessel. Dann zog sie die Rollläden hoch und ließ die Morgensonne den Raum fluten. Luise kniff die Augen zusammen.

Schwester Heike war eine erfahrene Pflegekraft, die einfühlsam und routiniert ihre Arbeit machte. Das Wasser hatte genau die richtige Temperatur, sie wusch die Kranke mit leichtem Druck, aber vorsichtig, trocknete danach sorgfältig ab. Sie vergaß auch nie, die empfindliche Haut mit Lotion einzucremen, das machten sie längst nicht alle.

Immer stehen die Schwestern unter Zeitdruck, das hatte sie mitbekommen. Pflege im Minutentakt, Wirtschaftlichkeit hieß die Devise. Manche klagten über diese Belastung. Schwester Heike hielt sich da zurück, sie erzählte lieber von sich und ihrer Familie, von ihren Freizeitunternehmungen und der Gartenarbeit. Luise hörte aufmerksam zu, war begierig, etwas zu erfahren und hätte so gerne die eine oder andere Frage gestellt.

Ob wohl der Rhododendron schon vor dem Hauseingang blüht?, dachte sie. Sie hatte im Herbst immer die verblühten Samenstände herausgebrochen. Wer das nun wohl machen würde?

„Was möchten Sie heute anziehen, Frau Behrends, den blauen oder den beigefarbenen Anzug?" Heike hielt beide Jogginganzüge hoch und sah sie fragend an.

Die alte Frau drehte den Kopf ein wenig nach links und nickte kaum merklich.

„Dann nehmen wir heute also den blauen", nahm die Schwester zur Kenntnis und machte sich an die Prozedur des Anziehens. Zuerst kam das gelähmte Bein an die Reihe, dann das linke, dann drehte sie den Körper der Kranken mal nach rechts und mal nach links, um die Hose über den Po zu ziehen. Mit der Jacke ging es im gleichen Rhythmus, hin, her und in die Mitte. Dabei war Luise nun im Bett nach unten gerutscht, so durfte sie nicht liegen bleiben.

Heike trat hinter das Kopfende, griff unter ihre Arme und zog die Patientin mit Schwung nach oben. Luise stöhnte auf, das hatte weh getan. Sie staunte über die Kräfte der Schwester, schließlich war sie kein Leichtgewicht.

Danke, dachte sie und hätte das so gerne geäußert.

„Zeit fürs Frühstück", verkündete Heike fröhlich und hängte einen Beutel Flüssignahrung an den hohen Metallständer, der auf der anderen Seite des Bettes stand. Mitten aus Luises Bauch ragte ein kleiner Schlauch, und daran wurde die Nahrung angeschlossen, exakt 1200 Kalorien.

Jetzt ist Spargelzeit, dachte die alte Frau, wie lecker mit gebräunter Butter und neuen Kartoffeln. Vorbei, alles vorbei, ich kann ja nicht mehr schlucken.

„Soll ich Ihnen das Radio anschalten?", fragte die Schwester, während sie das Bettkopfende ein wenig höher fuhr. Der elektrische Motor summte leise. Luise schüttelte den Kopf. Sie mochte lieber auf die Geräusche im Haus achten: auf das Geklapper der Absätze im Treppenhaus, das Schließen der Türen, Stimmen im Gespräch. Dabei schaute sie durch das Fenster auf die Wolkenformationen, die sich ständig veränderten und auf die Krone des Eichenbaums, der seitlich vor dem Fenster stand. Darin war immer allerhand los: ein Eichhörnchen, das putzig Männchen machte, Meisen auf der Suche nach Insekten, ein Eichelhäher, der seine blauen Flügelfedern in der Sonne aufblitzen ließ.

Heike räumte das Pflegezimmer auf und begab sich dann an die blaue Mappe, um ihre Eintragungen zu machen. Alles musste akribisch dokumentiert werden, damit rechtlich nichts schiefging und die monatliche Abrechnung korrekt ausgeführt wurde.

„Um 12 Uhr kommt heute Helga, um Sie zu lagern und die Flüssigkeit anzuhängen", sagte die Schwester und zog dabei das Bettgitter hoch.

Dann strich sie Luise sanft über die Wange: „Bis morgen früh, Frau Behrends, alles Gute."

Die Hilflose sammelte alle Energie, konzentrierte sich stark und versuchte es verzweifelt einmal mehr: „Da..de!"

Sie hatte es krampfhaft aus dem Mund gespuckt, aber Heike hatte verstanden, sie drehte sich auf dem Weg zur Tür um und rief freudestrahlend: „Sie haben ja gerade danke gesagt, Frau Behrends, das ist wunderbar!"

Nachdem die Tür ins Schloss gefallen war, lauschte Luise Behrends auf die Schritte im Treppenhaus. Sie bemerkte, dass sie weinte.

Der Ausschnitt des blauen Himmels hinter ihrem Fenster präsentierte sich wolkenlos.

Ingrids Entlassung

Am 20. April bin ich das erste Mal mit Ingrid über den Krankenhausflur gelaufen. Die anderen Patienten starrten sie an, doch meine Freundin ignorierte dies tapfer. Sie zeigte mir auch stolz das Büro, in dem sie vor einem Jahr noch gearbeitet hatte. Die Krankenschwestern begrüßten uns herzlich mit aufmunternden Worten. Hier war Ingrid gut aufgehoben. Sie wurde jetzt durch eine Sonde durch die Nase ernährt, bestimmt ein unangenehmes Gefühl, aber Ingrid klagte nicht darüber.

Auf unsere Flur-Spaziergänge nahmen wir den rollenden Ständer, auf dem die Beutel mit Nahrung und Medikamenten hingen, mit uns. Ich machte es mir zur Gewohnheit, ihr bei der Körperpflege zu helfen, zum Beispiel den Rücken zu waschen und mit Lotion einzucremen, oder ein Fußbad mit Massage. Ich begleitete sie zur Toilette oder half beim Umkleiden.

Es ging mir besser, wenn ich ihr helfen konnte. Wenn Konrad, der zweimal am Tag bei seiner Frau war, gegen Abend kam, fuhr ich nach Hause.

Zwei Tage später wurde Ingrid schon wieder operiert. Sie war im Bad gestürzt und hatte sich das Jochbein gebrochen. Auch diesen Knochen stabilisierten die Chirurgen mit einem Metallplättchen. Bei dieser Gelegenheit wurde gleich eine PEG angelegt, das ist eine Sonde, die durch die Bauchdecke direkt in den Magen geht. PEG ist die gebräuchliche Abkürzung für Perkutane Endoskopische Gastrostomie.

Als ich Ingrid am 24. April besuchte, zeigte sie sich erleichtert über die neue Sonde.

Unangenehm, diese Nasensonde, starkes Fremdkörpergefühl, schrieb sie auf den Block. *Kannst du mir eine eiskalte Cola holen, ich habe großen Durst?,* stand da weiter.

Sofort stürmte ich los zum Kiosk, um eine gekühlte Dose Coca-Cola zu kaufen. Meine Freundin ging zum Trinken ins Bad und setzte sich vor das Waschbecken. Ich füllte das Getränk in einen Plastikbecher mit Tülle um und gab ihn Ingrid in die Hand. Sie versuchte zu trinken, aber das meiste lief in den Ausguss des Waschbeckens. Immer wieder ein Schluckversuch, ein Husten, ein Spucken.

Es tat mir weh, das mit anzusehen. Wir versuchten es mit Strohhalm, dann teelöffelweise, aber nur wenig von der Flüssigkeit schien tatsächlich ihren Magen erreicht zu haben.

Das hat aber lecker geschmeckt, Maria, danke!, schrieb meine Freundin und trieb mir die Tränen in die Augen.

Am 29. April war alles für Ingrids Entlassung vorbereitet worden: die Sondennahrung bestellt und angeliefert, ein Pflegedienst für die Wundversorgung ausgesucht und die Palliativpflege in die Wege geleitet. Konrad berichtete mir am Telefon davon: „Ich werde heute noch angelernt, die Nahrung an die Sonde anzuschließen. Ich hoffe, dass alles gut klappt, wenn Ingrid zuhause ist!"

Ich bot meine Hilfe an, versprach Unterstützung zu geben, wann immer das nötig wäre.

Am 30. April holte Konrad seine Frau endlich nach Hause.

Ich hatte einen schönen Tag gehabt und schrieb für Ingrid eine Geschichte auf, die ich ihr beim nächsten Besuch vorlesen wollte.

Seniorenkino

Meine Freundin Greta und ich hatten von der Premiere des Kinofilms *Der Geschmack von Apfelkernen* gehört und wir wollten diesen Film unbedingt anschauen. Wir hatten beide den gleichnamigen Roman von Katharina Hagena gelesen und waren von der bewegenden Familiengeschichte begeistert gewesen. Im Internet rief ich sämtliche Programme aller Kinos der näheren Umgebung auf, konnte aber keinen Erfolg verbuchen. Nirgendwo lief dieser Spielfilm, obwohl wir doch so viele gute Kritiken darüber gelesen hatten. Ärgerlich, dachte ich, interessieren sich die Kinogänger denn nur noch für Action- und Gewaltfilme?

Da wurde meine Freundin plötzlich doch noch fündig und rief mich an: „Hallo Maria, der Film wird am Sonntagnachmittag in Hamm im Cineplex gezeigt, allerdings nur einmal im Seniorenkino."

„Das ist ja prima", antwortete ich, „da fahren wir hin."

„Aber die Sache hat noch einen Haken", entgegnete Greta kleinlaut. „Wir kommen erst ab einem Alter von 65 Jahren rein. Die Aufführung wird vom Stadtseniorenring gesponsert."

Wir beide hatten die 60 Jahre knapp überschritten und konnten uns beileibe nicht vorstellen, uns älter zu machen als wir waren. Das hatte ich seit Teenagerzeiten nicht mehr gemacht, als ich versuchte, mit schwarzem Lidstrich und grellem Lippenstift angemalt, in die Disko zu gelangen. Natürlich wurde ich nach der Ausweiskontrolle nach Hause geschickt. Wie gerne wäre ich damals älter gewesen!

Sonntagmittag suchte ich mir in meinem Kleiderschrank die Sachen heraus, die ich schon lange nicht mehr getragen hatte und die ich für altmodisch und trist hielt. Warum hatte ich die karierte Stoffhose und den grauen Blazer nicht schon längst in die Kleidersammlung gegeben? Wahrscheinlich, um sie für diesen Anlass bereit zu halten.

Schminken kam überhaupt nicht infrage und die Haare kämmte ich mir streng nach hinten. Normalerweise komme ich eher sportlich daher, meist in Jeans mit farbigen Oberteilen und flotten Jacken. Derart verkleidet fühlte ich mich ziemlich unwohl, aber es wartete ja eine Belohnung auf mich.

So ausstaffiert traf ich auf Greta, die ein ähnliches Outfit zur Schau stellte. Bei der Begrüßung lachten und alberten wir herum wie zwei Teenager.

„Nun setz mal ein verkniffenes Gesicht auf, damit du ein paar Falten kriegst", kicherte Greta.

„Und du hängst dich an meinen Arm und humpelst ein bisschen", gab ich zum besten.

Nachdem wir ausgelacht hatten, setzten wir unsere Seniorenmienen auf und steuerten auf die Kasse zu.

„Zweimal ‚Der Geschmack von Apfelkernen'", baten wir die Kassiererin.

Die schaute uns über ihre Lesebrille hinweg durchdringend an und fragte: „Sind Sie schon 65? Dies ist eine Seniorenvorstellung!"

„Natürlich",entgegnete ich.

„Selbstverständlich", sagte Greta.

„Dann zeigen Sie mal Ihre Ausweise", klang es erbarmungslos aus dem Kassenhäuschen. Ich begann in meiner Handtasche zu wühlen, meine Freundin machte es mir nach.

„Zu dumm", sagte ich weinerlich, „ich habe mein Portemonnaie vergessen, und da ist der Ausweis drin. Das passiert
mir in letzter Zeit öfter."

Greta hielt triumphierend ihre eigene Börse in die Höhe.
„Hier, ich habe sie dabei, und Geld ist auch drin. Nur, wo
steckt der Ausweis denn?"

Sie schüttete den Inhalt der Handtasche auf den Tresen.
Schlüssel, Tempotücher, ein Taschenmesser, Bonbons und ein
paar Kekskrümel kamen zum Vorschein, aber kein Personal-
ausweis.

„So ein Pech", sagte Greta kleinlaut, „da habe ich wohl keinen dabei. Ich werde doch nicht ,dezent' werden!"

Inzwischen hatte sich schon eine längere Schlange an der
Kinokasse gebildet. Einige Leute schüttelten die Köpfe, andere
schauten mitleidig herüber. Ich hätte im Erdboden versinken
mögen.

Plötzlich kam die überraschende Wende: „Macht für Sie beide zehn Euro, nun beeilen Sie sich, gleich geht es los."

Greta zahlte aus ihrem Portemonnaie, sammelte ihre Uten-
silien in die Handtasche ein und humpelte an meinem Arm
davon, während ich meine Schritte gemessen anpasste. Noch
konnten wir uns das Lachen verbeißen, aber auf unseren Plät-
zen gab es kein Halten mehr. Wir kicherten, prusteten und
lachten dann schließlich, bis uns die Tränen kamen. Ich hatte
lange nicht mehr so einen Spaß gehabt.

Als wir uns beruhigt hatten, schauten wir uns um und staunten nicht schlecht: Ich hatte noch nie ein so gut gefülltes Kino
gesehen, fast jeder Platz war besetzt. Wir schauten über grau-
haarige Köpfe hinweg auf die Leinwand.

Der Film begann ohne Vorschau und vorherige Werbung. Er
war ein wahrer Genuss. Herrliche Landschaftsaufnahmen, in
Schleswig-Holstein gedreht, überzeugende Schauspieler, eine

bewegende Handlung. Der Roman war exakt umgesetzt worden, eindringlich und nachvollziehbar. Meine Freundin und ich waren begeistert.

Wir fuhren in dem Gefühl nach Hause, einen wunderbaren Nachmittag verlebt zu haben. Ich hatte lange nicht mehr so viel gelacht wie an diesem Tag. Das war gut und befreiend gewesen, dafür hatte ich mich gerne älter gemacht als ich war.

Ingrid auf dem Bauernhof

Der Mai begann für Wilm und mich mit einem besonderen Ereignis: Wir feierten die Konfirmation unserer Enkeltochter im großen Familienkreis. Für mich war das ein Anlass, um Torten zu backen und die Tischdekoration zu gestalten. Ich stürzte mich in diese kreative Arbeit und vergaß darüber zeitweilig sogar die Sorgen um meine Freundin. Ich glaube, dass es mir gut tat, mich bei einem freudigen Anlass einzubringen. Die vergangenen Monate hatten mich an zu viel Leid teilnehmen lassen, meine Psyche nahm dankbar den Ausgleich an.

Am 7. Mai besuchte ich Ingrid auf dem Bauernhof. Sie hatte sich mit all ihren Handicaps eingerichtet und versuchte auch, mit mir zu sprechen. Das klangt zwar noch abgehackt und krächzend, aber ich konnte sie leidlich verstehen. Wenn da nur nicht dieser ständige Husten gewesen wäre!

Meine Freundin berichtete von dem Pflegedienst, der mehrmals in der Woche die Verbände am Hals und die PEG versorgte, sie erzählte von dem netten Arzt, der die Palliativpflege übernommen hatte, und sie lobte Konrad, der die Nahrung an die PEG anschloss, als hätte er nie etwas anderes gemacht.

„Wie schaffst du die Körperpflege?", fragte ich.

„Auch dabei hilft mir Konrad", antwortete sie, „schau dir gleich mal unser Bad an. Die Dusche ist jetzt ohne Barrieren und Trennwände. Das wurde verändert, als ich im Krankenhaus war."

„Wobei kann ich dir denn helfen?", kam darauf meine oft wiederholte Frage.

„Wäscht du mir die Haare, Maria? Das kann Konrad nicht so gut."

Das war endlich etwas, was ich richtig gern tat. Ingrid ging mühelos die Treppe hinauf ins Bad und ich stieg hinterher. In einem alten Bauernhaus liegen die Räume nie perfekt ebenerdig zugeordnet, teilweise wurden Sanitär- und Wirtschaftsräume erst später ein- oder umgebaut. Generationen veränderten immer wieder die Grundriss- und Raumsituation und schnitten sie auf ihre Bedürfnisse zu. Das Bad war riesig, selbst im Rollstuhl würde man keine Schwierigkeiten haben, aber die Treppe machte mir Sorgen.

Meine Freundin nahm auf dem Hocker vor dem Waschbecken Platz. Zuerst deckten wir mit einem großen Badetuch die Wundverbände am Hals ab, damit sie trocken blieben. So ausstaffiert beugte sich Ingrid über das Becken. Ich wusch ihr vorsichtig, aber zügig mit der herausziehbaren Brause den Kopf. Nach dem Abtrocknen gab ich Schaumfestiger ins Haar und versuchte dann beim Fönen eine flotte Frisur zu zaubern.

Ich gab mir mit Fön und Rundbürste alle Mühe, und am Ende lag Ingrids silberweißer Bob duftig und schwungvoll um ihren Kopf herum. Ich toupierte, frisierte, sprühte Haarlack auf und war zufrieden.

Meine Freundin hatte die Prozedur entspannt genossen, dann stand sie auf und schaute in den Spiegel.

„Schön hast du das gemacht, ich fühle mich wieder wohler."

Konrad stand am Fuß der Treppe und rief hinauf: „Kommt ihr beiden klar da oben?"

„Soll ich dir auch den Kopf waschen?", frotzelte ich, und wir Freundinnen kicherten wie in alten Zeiten.

Nach dem Badezimmeraufenthalt musste Ingrid sich ausruhen und legte sich auf das Sofa. Ich las ihre eine Geschichte vor, die ich selber geschrieben hatte, eine lustige Begebenheit aus meiner Kindheit.

Als sie einschlief, machte ich mich auf den Heimweg. Konrad brachte mich wie immer zu meinem Wagen.

„Was kann ich noch tun?", fragte er mich.

„Du machst alles großartig und Ingrid ist dir sehr dankbar dafür", war meine Antwort.

Einen Tag später fuhr Ingrid zu ihrer ersten Taxol-Therapie. Ich wusste, dass sie alle Hoffnungen darauf setzte, den Krebs damit in Grenzen zu halten, von Besiegen war keine Rede mehr. Erst später erfuhr ich, dass sie dieses Gift sehr schlecht vertrug, und sie immer schwächer und müder wurde.

Zu ihrem Geburtstag schickte ich Ingrid eine Email, denn ich wollte bei dem Familienfest nicht stören. Es fiel mir unsagbar schwer, die richtigen Worte zu finden, denn ich durfte ja nicht von Glück, Gesundheit und Wohlergehen schreiben, das hätte wie Hohn geklungen. Darum gratulierte ich ihr zu der wunderbaren Familie, die für sie da war, zu einem Ehemann, der die veränderte Situation mit Bravour meisterte und zu ihr stand, ich wünschte ihr, dass die Taxol-Therapie erfolgreich wäre und sie keine Schmerzen erdulden müsste.

Am 11. Mai, einen Tag nach ihrem 61. Geburtstag, war ich wieder bei Ingrid. Sie freute sich sehr über das T-Shirt, das ich für sie gekauft hatte und wollte es gleich anprobieren. Ich half ihr, es anzuziehen.

Der Reißverschluss im Vorderteil erleichterte diese Aufgabe. Dann suchten wir in ihrem Schrank ein passendes Tuch heraus, das farblich zu dem blaugrünen Muster passte. Bei dieser Gelegenheit bat mich meine Freundin, ihr beim Aussuchen der Garderobe zur Taufe des Enkelkindes Jan zu helfen, die am 19. Mai stattfinden sollte. Wir wählten einen dunkelblauen

Blazer und eine hellgraue Hose aus. Dazu passte eine türkis-
farbene Bluse gut. Den unverzichtbaren Schal hängte ich über
den Blazer.

„Ich gehe nicht mit zum Essen, nach dem Gottesdienst bringt
mich Konrad nach Hause", vertraute mir Ingrid an. „Ich kann
ja sowieso nichts essen. Zugucken ist nicht schön."

„Dann komme ich einen Tag vorher und wasche dir die
Haare", bot ich an und stieß auf Gegenliebe.

„Kannst du mir auch die Nägel schön machen?"

„Na, klar", war meine freudige Antwort.

Konrad kam mit dem Enkel ins Wohnzimmer und reichte
ihn an mich weiter. Der kleine Kerl hatte einen unbändigen
Bewegungsdrang, er wollte hopsen, strampeln und beschäftigt
werden. Für Ingrid war das zu anstrengend, sie konnte ihn
nicht mehr halten. Sie hatte aber große Freude daran, zuzuschauen, wenn ich mit Jan spielte oder ihm vorsang.

Konrad brachte uns einen Kaffee, und meine Freundin bemühte sich, einige Schlucke aufzunehmen. Dafür hatte sie ein
Handtuch griffbereit, um die zurücklaufende Flüssigkeit auf-
zufangen. Die Sondennahrung schloss Konrad immer am Vor-
mittag an, damit Ingrid sich nachmittags frei bewegen konnte,
ohne den lästigen Ständer mit sich nehmen zu müssen. Abends
bekam sie dann noch mal Wasser angehängt. Zwischendurch
versuchte sie, etwas von den normalen Speisen aufzunehmen,
wenn sie breiig oder püriert waren.

Konrad machte die Arbeit einer Pflegefachkraft. Während
meiner Dienstzeit hatte es auch zu meinen Aufgaben gehört,
Sondennahrung anzuschließen. Ich war sehr froh, nun Rentne-
rin zu sein und viel Zeit für die Besuche bei meiner Freundin
zu haben.

Feierabend

Erika hatte ihre allerletzte Tour gefahren und war auf dem Weg zu ihrer Dienststelle, um die Patientenschlüssel, den Büroschlüssel und ihren Dienstwagen abzugeben. In den vergangenen Tagen hatte sie sich von den Patienten, die sie regelmäßig versorgt hatte, verabschiedet. Natürlich hatte es bei dem einen oder anderen Tränen gegeben.

„Sie besuchen mich doch mal, Sie haben ja nun viel Zeit?", kam hier und da die Frage.

„Das mache ich bestimmt", antwortete Erika jedes Mal, obwohl sie genau wusste, dass sie keinen Besuch bei ehemaligen Patienten plante. Ihre Kolleginnen würden das als Kontrolle empfinden, und Erika wollte sich keine Beschwerden über die Versorgung anhören müssen.

Die Pflegebedürftigen hatten oft etwas zu meckern:

„Schwester Petra wäscht mir nie den Rücken."

„Die Iris spricht kein Wort bei der Körperpflege."

„Irene ist immer husch, husch fertig."

So oder so ähnlich, Erika wollte damit nichts mehr zu tun haben. Feierabend, dachte sie, ich habe endgültig Feierabend.

Sie parkte ihren Dienstwagen und sammelte ihre Sachen zusammen: Diensthandy, Schlüsseltasche, Medikamentenbox, ihre Wasserflasche und die Handtasche. Dann schaute sie unter alle Sitze, schüttelte die Matten aus und lugte ins Handschuhfach.

Es blieb nichts von ihr zurück, kein Halm, kein Taschentuch, kein Krümel. Vollgetankt hatte sie auch. So sollte es sein. Die Kollegin, die den kleinen weißen Seat übernahm, sollte nichts zu klagen haben.

Erika strich sich die Dienstbekleidung glatt. Mit den weißen Hosen war nicht mehr viel Staat zu machen, zu oft waren sie gewaschen worden. Ihre Kittel waren noch ganz passabel, sie hatte sie der Kollegin Elke versprochen. Den anderen Schwestern würden sie viel zu eng sein. Erika war immer noch schlank wie in jungen Jahren.

Die Bürotür war nur angelehnt. Erika trat in den Flur und ging dann ins Dienstzimmer. Hier hielt sich niemand auf.

Manchmal traf sie Kolleginnen, die am Tisch saßen und die Mappen mit den Patientendaten auf Vordermann brachten. Dokumentation war das Nonplusultra der Pflege. Ohne die korrekten, lückenlosen Einträge kam der ganze Pflegedienst in Verruf bei der Kontrolle vom MDK. Dafür gab es schlechte Noten. Dagegen war ein wenig Pfusch in der Pflege zu vergeben. Papierkrieg vor Menschenwürde.

Sie hängte die Patientenschlüssel in den Schlüsselkasten und legte die Fahrzeugschlüsselmappe in die Schublade. Die Medikamentenbox war leer, sie bezog ihren Stammplatz im Regal. Nun noch ein letzter Blick in mein Fach, dachte Erika, vielleicht haben sie mir nette Briefe zum Abschied hineingelegt. Manchmal fand sie dort auch Pralinen, kleine Glücksbringer oder Zettel mit Informationen.

Aber Erika konnte die grüne Plastikschublade mit ihrem Namen nicht finden. Sie war nicht mehr da, sicher schon aussortiert und umetikettiert für einen neuen Besitzer. So schnell geht das Ausmustern heute, ging ihr durch den Kopf, ich bin schon gar nicht mehr vorhanden.

Dabei hatte sie ihre Arbeit fast 40 Jahre lang gemacht, immer bei der gleichen Firma, der Diakoniestation. Sogar noch viele Jahre im Rentenalter. Am Anfang war sie als Familienhelferin beschäftigt gewesen, später dann, als die Pflegeversicherung kam und die Familienhilfe nicht mehr viel für die Station einbrachte, bildete man sie in der ambulanten Pflege aus. Als Schwester Erika war sie beliebt bei den Patienten, die man heute Kunden nennen musste oder Pflegeempfänger. Es war immer ein harter Job gewesen, körperlich und auch psychisch.

Die Diakonieschwester sah Menschen leiden und sterben. Sie hatte auch viele Leben gerettet, indem sie bedrohliche Situationen rechtzeitig erkannte, dann den Rettungsdienst rief oder den Hausarzt informierte. Bedankt hatte sich hinterher niemand von den Angehörigen bei ihr. Es war selbstverständlich, dass Pflegekräfte aufmerksam beobachteten und Verantwortung für die Kunden übernahmen. Viel Verantwortung und wenig Lohn.

Es gab aber auch die schöne Seite in der Pflege: das Lächeln in einem runzeligen Gesicht, wenn Erika ins Pflegezimmer trat, der Druck einer knochigen Hand zum Abschied und ein leises Danke. Das hatte sie immer entschädigt für jegliche Belastung. Die meisten Alten wollten bei der Pflege mit ihr reden, sich mitteilen, Geschichten aus ihrem Leben erzählen. Es hörte ja sonst selten einer zu, manchmal niemand. Gespräche überwanden auch das Schamgefühl, diese belastende Situation, sich von jemandem bei den intimsten Dingen helfen zu lassen.

Manchmal half auch ein Lied, ein Gedicht oder ein lockerer Spruch, um Gerüche oder Geräusche zu überdecken. Dann gab es diejenigen, die nicht sprachen und die Augen geschlossen hielten, die alles stumm über sich ergehen ließen. Dann schwieg Erika auch und umarmte die Trostlosigkeit. Sie hatte ihre Arbeit immer fürsorglich und liebevoll gemacht.

Das war heute ein für alle Mal vorbei. Jetzt fing ein neues

Leben an. Endlich viel Zeit für die Familie, für den großen Garten, Zeit zum Wandern, Lesen, Malen. Vielleicht auch für die eine oder andere Reise. Erika hatte sich das oft ausgemalt. Nun war es soweit, aber es war ihr doch schwer ums Herz. Hannes würde es genießen, dass er sie nun ständig um sich hatte.

Einmal noch ins Übergabebuch schauen, was es Neues gab. Sie blätterte die aufgeschlagene Seite um und staunte nicht schlecht:

In einem großen roten Herz stand: *Viel Glück auf dem neuen Lebensweg!*

Darunter hatten sie alle unterschrieben, die Kolleginnen, der Chef, sogar die Putzfrau und die Fahrer von *Essen auf Rädern*. Dazu hatten sie Blumen, Kleeblätter, Hufeisen und andere Glücksbringer gemalt und ganz unten stand: *Wir freuen uns auf Deine Abschiedsfete!*

Nun kamen Erika die Tränen, wie rührend lieb das war, sie hatten doch daran gedacht.

Ein letzter Gang stand noch bevor, der Gang ins Büro am Ende des Flurs, wo seit einigen Jahren der Jens saß. Als Diakoniemitarbeiterin hatte sie viele Stationsleitungen kommen und gehen sehen. Einige Male hatte sich auch der Firmenname geändert, zur Zeit hieß er APS – *Ambulante Pflege für Senioren*.

Jens schaute hoch, als sie ins Zimmer trat: „Na, letzter Dienst beendet?"

Erika legte ihm die Schlüssel für die Bürotür und den Schlüsselkasten auf den Schreibtisch.

„Hier kommt noch mein Diensthandy", sagte sie mit belegter Stimme. „Dann bis zu meiner Fete, mach es gut!"

Jens stand auf und nahm sie in den Arm. „Danke für deine gute Arbeit, danke für deine Kollegialität, du wirst uns allen fehlen, besonders den Kunden."

Nun liefen Erika die Tränen über das ganze Gesicht. Schnell wandte sie sich ab und lief nach draußen, um sich nicht noch einmal umschauen zu müssen. Die Tränen gehörten alleine ihr.

Jens widmete sich wieder seinen Dienstplänen. Schwierig, sie diesen Herbst aufzustellen. Schon wieder eine Pflegekraft weniger und kein Nachwuchs in Sicht.

Ingrids Traum von Rom

Meine Freundin bekam oft Besuch, aber es ermüdete sie, mehrere Leute an einem Tag zu empfangen. Gewiss, sie freute sich über jede Abwechslung, aber wohl dosiert. Darum fragte ich immer per SMS nach, wann die günstigste Zeit für mein Erscheinen wäre.

Das war am 18. Mai wieder der Fall. Ingrid machte mir wie immer selbst die Haustür auf. Sie sah jetzt etwas besser aus, die Hautverpflanzungen hatten die gleiche Farbe angenommen wie die übrige Gesichtshaut, die Narben waren gut verheilt. Sie trug ein Tuch mit großen orangefarbenen Blüten um den Hals, das mir gut gefiel. Sofort aber sah ich auch die drei kleinen Pöckchen auf der Narbe am Kinn.

Wir setzten uns ins Wohnzimmer, das Reisebett von Jan stand neben dem Couchtisch und würde wohl gleich mit Leben gefüllt werden.

„Sollen wir sofort ins Bad gehen?", fragte ich Ingrid.

Da kam Konrad mit Kaffee, und so blieben wir erst einmal zu dritt sitzen.

„Ich glaube nicht mehr daran, dass die neue Chemotherapie wirkt, Maria. In der Lunge sind auch schon Metastasen, die Ärzte wollen mich nach Hemer schicken, aber das habe ich abgelehnt. Wie du siehst, wächst der Krebs rasend schnell weiter. Nun weißt du, wie es aussieht."

Keine Anklage an das Schicksal, keine Schuldzuweisung an

die Ärzte, kein Jammern, keine Tränen, kein Zusammenbruch. Ich war mir fast sicher, dass der schon im April auf der Intensivstation stattgefunden hatte. Statt dessen strahlte sie gefasste Resignation aus. Ich fragte mich, wie sie das schaffte, so beherrscht zu bleiben im Angesicht der Hoffnungslosigkeit.

„Wir haben gemeinsam viel Schönes erlebt", sagte Konrad, „gut, dass wir so viele großartige Reisen gemacht haben."

Ingrid nickte zustimmend und zählte krächzend auf: „Wir waren in Amerika, China, Dubai, wir haben Kreuzfahrten und Rundreisen gemacht. Ich bin glücklich über diese Erinnerungen."

Dann lächelte sie und schwieg nachdenklich.

Nach einer Weile sagte sie: „Nach Rom wäre ich so gerne noch gereist, aber das wird nichts mehr."

Wir begaben uns ins Bad und führten nach bewährtem Ablauf die Haarpflege durch. Dabei fühlte ich einen harten Knoten hinter dem linken Ohr. Der war neu. Ich schwieg darüber.

Im Wohnzimmer feilte und polierte ich meiner Freundin die Fingernägel. Ich fand noch einen Rest klaren Nagellack und trug ihn sorgfältig auf.

„Nächstes Mal bringe ich dir rosa Nagellack mit, dann sieht es noch schöner aus", versprach ich munter.

Ich wagte den Versuch, mit ihr über das Unabwendbare zu sprechen: „Hast du alles geregelt, was nötig ist?"

„Ja, das habe ich zusammen mit meinem Schwager in Kassel gemacht. Du weißt, er ist Notar", antwortete meine Freundin mit ihrer rauen Stimme.

„Du wirst mir sehr fehlen!", sagte ich nur.

„Du mir auch."

Damit war alles zwischen uns gesagt worden.

Am Abend schrieb ich für Ingrid eine Geschichte über die ewige Stadt Rom. Ich wollte sie ihr beim nächsten Besuch vorlesen. Dann könnte sie in Gedanken verreisen.

Die Reise nach Rom

Auf dem Düsseldorfer Flughafen traf Gesa auf ihre Reisegruppe. Sie war mit dem Zug aus München gekommen, hatte sich ganz bewusst dieses entfernte Bundesland als Start zu ihrer Romreise ausgesucht. Hier würden die Mitreisenden sie nicht kennen und mit neugierigen Fragen aus der Fassung bringen.

Der Reiseleiter begrüßte sie jovial: „Hallo, ich bin der Bernd." Dann stellte er sie den anderen Damen und Herren vor: „Jetzt ist auch Gesa zu uns gestoßen, wir sind nun komplett."

Komisch, dachte sie, duzen sich hier alle sofort?

Na ja, egal, sie würde da mitmachen, obwohl ihr etwas Distanz lieber gewesen wäre.

Die Gruppe bestand überwiegend aus älteren Mitbürgern. Die meisten haben das Rentenalter bestimmt schon erreicht, dachte Gesa, als sie im Flugzeug neben einem beleibten Herrn mit Stirnglatze Platz nahm. Am Fenster saß eine zierliche Blondine, deren Haaransatz ein schmutziges Grau durchschimmern ließ.

Sie lächelte Gesa freundlich an: „Ich bin die Heidi, warst du schon mal in Rom?"

Gesa nickte kaum merklich: „Ja, vor vielen, vielen Jahren."

Sie lehnte sich im Sitz zurück und schloss die Augen. Bilder aus einer glücklichen Zeit tauchten auf: Hans, der beim Start ihre Hand hielt. Hans, der ihr und sich den Sekt einschenkte: „Prost, mein Liebling, auf eine schöne Reise!"

Der Flug verlief ruhig und ohne Turbulenzen. Damals im März erwartete Gesa in Rom ein laues Lüftchen, aber heute war es kalt und regnerisch. Sie zitterte ein wenig und zog den Reißverschluss ihrer Winterjacke zu.

Mit dem Bus steuerten sie die erste Sehenswürdigkeit an: Die *Basilika Sankt Paul* vor den Mauern erhob sich majestätisch und prunkte mit ihren bunten Mosaiken. Aber zunächst musste die Gruppe durch eine Sicherheitsschleuse, um in den Innenraum zu gelangen. Gesa wunderte sich über die zahlreichen Polizisten und Soldaten, die ein Gewehr im Anschlag hielten. Das hatte es damals noch nicht gegeben und machte ihr Angst.

Gesas Blicke glitten an unendlichen Säulenreihen entlang, und ein mystisches Licht fiel durch die Reihen von Alabasterfenstern ins prachtvolle Innere. Gesa setzte sich einen Moment auf einen Stuhl und hielt inne. Dann ging sie zum Altar, schritt die Stufen zur Grabkapelle hinunter, wo sich der Marmorsarg mit den Reliquien des Apostels Paulus befand.

Weiter ging es zu den Katakomben unter der *Via Appia Antica*. Die Friedhöfe der ersten Christen befinden sich in einem kilometerlangen unterirdischen System. Vor 30 Jahren war es Gesa in den dunklen Gängen unheimlich gewesen, und Hans hatte fürsorglich seinen Arm um sie gelegt. Während sie nun an den Grabkammern vorbeiging, hatte sie das Gefühl, ihn wieder zu spüren. Sie tastete nach dem Foto in ihrer Jackentasche.

Beim Abendessen im Hotel saß sie neben der Blonden.

„Hatte ihr Mann auch keine Lust auf eine Städtetour?", sprach Heidi sie unbefangen an. „Meiner will nur seine Ruhe zuhause haben, aber er gönnt mir meine Erlebnisse", plapperte sie weiter.

„Die Ruhe hat mein Mann auch", erwiderte Gesa.

Dann zog sie sich früh auf ihr Einzelzimmer zurück und packte ihren Koffer aus. Das Foto von Hans lehnte sie an den Fuß ihrer Nachttischlampe.

„Es war dein Wunsch, dass wir an unserem Hochzeitstag hier sind", sprach sie leise, „nun bin ich alleine in Rom, du fehlst mir so!"

Vor einem Jahr schon hatte Hans Reisekataloge nach Hause geschleppt und begeistert von seiner Idee gesprochen: „An unserem 30. Hochzeitstag wiederholen wir unsere Hochzeitsreise, wäre das nicht toll, Gesa?"

Sie hatte sich von seinen Reiseplänen anstecken lassen und das alte Fotoalbum aus dem Schrank geholt, auf dem *Rom* stand.

„Wie glücklich wir da waren und wie jung", hatte sie zu ihrem Mann gesagt, um sich dann gemeinsam mit ihm alle Fotos anzusehen.

Im April war Hans ganz plötzlich vom Stuhl gefallen, hatte dies aber mit einer leichten Ohnmacht abgetan. Obwohl Gesa ihn inständig darum gebeten hatte, war er nicht zum Arzt gegangen.

Im Mai war er beim Golfspielen umgekippt und von seinen Sportkollegen in die Klinik gebracht worden. Die Ärzte hatten nichts feststellen können und ihn wieder nach Hause geschickt.

Im Juni hatte Gesa den Rettungswagen angerufen, als sie Hans auf dem Fliesenfußboden liegend im Bad fand. Die Ärzte hatten ihr wenig Hoffnung gemacht: „Teile des Gehirns sind nicht mehr intakt, ihr Mann hatte eine Hirnblutung."

Lange Wochen hatte er intubiert und durch eine Magensonde ernährt auf der Intensivstation gelegen und keinerlei Reaktionen gezeigt. Gesa war täglich mehrere Stunden an seiner Seite gewesen, hatte Unterschriften für Untersuchungen und

Eingriffe geleistet und war total verzweifelt gewesen. Dann hatte sich herausgestellt, dass Hans ein Aneurysma im Gehirn hatte, welches geplatzt war.

Im Juli hatten sie die lebenserhaltenden Geräte abgestellt.

Wider Erwarten hatte Gesa gut geschlafen, und der Frühstückssaal empfing sie mit Kaffeeduft und dem herzlichen guten Morgen der Mitreisenden. Sie begann sich in der Gruppe wohlzufühlen und beteiligte sich an den Gesprächen.

„Hast du bei deinem ersten Besuch in Rom eine Münze in den *Trevi-Brunnen* geworfen?", fragte Heidi sie.

„Ja klar, damals waren das hundert Lire", antwortete Gesa.

„Siehst du, deshalb bist du ja wieder hier!", meinte Heidi.

Der große Weißhaarige mit der modischen Brille, der sich als Harald vorgestellt hatte, brachte ihr ein Glas Orangensaft vom Buffet mit.

„Vitamine sind gut für den anstrengenden Tag, der vor uns liegt", sagte er lächelnd zu Gesa.

Da kam Bernd an ihren Tisch: „Auf, auf, Leute, der Bus wartet schon, heute steht viel auf dem Programm."

Draußen erwartete sie ein nasskalter Märzmorgen, von Frühling keine Spur.

Zunächst ging es zum *Kapitolinischen Hügel*, einst ein heiliger Ort der Götter Roms. Die Gruppe erstieg die von Michelangelo gestaltete Treppe zum trapezförmigen Kapitolsplatz. Die ersten schnauften schon, aber niemand blieb zurück. Weiter ging es zum *Forum Romanum* und zum *Kolosseum*. Diese antiken Stätten übten wieder eine große Faszination auf Gesa aus. Sie dachte daran, wie Hans ihr alles über die Gladiatorenkämpfe erzählt hatte, er wusste so viel.

„Gebt dem Volk Brot und Spiele, verkündete Kaiser Trajan einst", sagte neben ihr eine männliche Stimme.

„Soll ich dich mal vor dem grandiosen Hintergrund fotografieren?" Harald hatte diese nette Frage gestellt.

„Danke, aber ich habe keine Kamera dabei", antwortete Gesa, „diese Fotos habe ich alle schon."

Hans hatte sie in strahlendem Sonnenschein vor dem *Kolosseum* abgelichtet, mit einer Hand die Augen beschattend hatte sie in seine Spiegelreflexkamera gelacht.

Inzwischen hatte sich der Himmel verdunkelt, und der feine Nieselregen verwandelte sich in einen Wolkenbruch. Die Gruppe suchte Zuflucht in einer nahe gelegenen Trattoria. Gesa bestellte sich eine Bruschetta, die sie mit großem Appetit verspeiste. So schmeckt Italien, dachte sie, köstlich diese fruchtigen Tomaten mit dem Hauch von Knoblauch auf dem knusprigen Brot.

Lange durfte die Gruppe nicht ausruhen, denn das nächste Ziel mit dem Bus war der *Circus Maximus*. Mit viel Fantasie konnte man sich gut vorstellen, wie die Streitwagen in Konkurrenz miteinander das Oval umrundet hatten. Gesa hatte eine Szene aus *Ben Hur* vor Augen: Charlton Heston als stolzer muskulöser Wagenlenker, eine Quadriga edler Pferde antreibend.

Im Hintergrund erhoben sich die gewaltigen Ruinen der *Caracalla-Thermen*. Bernd gab über das Mikrophon wortreiche Erläuterungen über das Freizeitverhalten der Römer ab.

„Die Bäder waren Entspannung und Kontaktpflege zugleich", dozierte er, „auf den Örtlichkeiten wurden im wahrsten Sinne des Wortes Sitzungen gehalten und Geschäfte gemacht."

Gesa schweifte mit ihren Gedanken ab, sie sah sich und Hans beim wöchentlichen Saunabesuch. Sie waren selten erkältet gewesen.

Der Bus brachte die Gruppe zum Abendessen zurück ins

Hotel. Nach dem Essen traf man sich an der Bar, um den Tag bei geselligem Beisammensein ausklingen zu lassen. Auch Gesa schloss sich den anderen an und bestellte ein Glas Rotwein. Sie wollte heute nicht alleine sein.

Der nächste Morgen brachte eine Überraschung: Zwischen den Wolken zeigten sich blaue Abschnitte. Auf der Fahrt ins klassische Stadtzentrum säumten unzählige Blutpflaumen den Straßenrand, die übervoll mit rosafarbenen Blüten und zartem roten Laub den Frühling versprachen.

Der Bus hielt in der Nähe der *Piazza Navona* und nun hieß es, Rom *per pedes* zu erobern.

In den Gassen öffneten die Händler ihre Läden: Souvenirshops, Schuhgeschäfte, Läden übervoll mit Lederwaren, dann wieder Antiquitäten und Geschäfte mit sakralen Gegenständen. Die Frauen der Gruppe konnten mit den Männern nicht mehr Schritt halten, zu verlockend waren die Auslagen in den Schaufenstern.

„Zum Glück haben wir heute Nachmittag Freizeit", sagte Heidi, die sich meist in Gesas Nähe aufhielt, „ich möchte in den Ledergeschäften stöbern. Machst du mit, Gesa?"

Dann sputeten sie sich, um den Anschluss zu halten und wurden mit dem Blick auf die wunderschöne *Piazza Navona* belohnt, einer der weitesten Plätze Roms. Drei herrliche Brunnen boten die Kulisse für Maler, Gaukler, Musikanten und zogen das Publikum magisch an. Hier pulsierte das Leben, und die Reisegruppe stürzte sich hinein.

Gesa schlenderte vom *Mohrenbrunnen* zum *Vier-Flüsse-Brunnen*, in dessen Mitte ein ägyptischer Obelisk steht. Die vier Flussgötter Donau, Nil, Ganges und Rio de la Plata sitzen auf einer Felsgrotte, vom Künstler Bernini aus Marmor erschaffen.

Hans hatte ihr damals erzählt, dass die barocke Arena zu Zeiten Innozenz X. in der sommerlichen Hitze geflutet wurde, den Römern zur Erfrischung. Der dritte Brunnen, von Calderari erbaut, zeigte Nymphen, Engel und Pferde, die sich spielerisch im Wasser vergnügten.

Gerne hätten sich alle länger auf dem schönen Platz aufgehalten, aber Bernd drängte zum Aufbruch.

Weiter ging der Weg durch urige Gassen, an Eisdielen, Cafés und Läden vorbei, bis die Gruppe an der antiken Ruhmesstätte Roms, dem *Pantheon*, ankam. Hinter der offenen Halle aus sechzehn Granitsäulen verbergen sich die gewaltigen Bronzetüren, die den Blick ins zylinderförmige Innere freigeben. Über diesem Zylinder thront eine Kuppel mit einer Öffnung in der Mitte von 8,92 Metern Durchmesser. Sie lässt Luft und das Licht in den Tempel hinein, aber auch den Regen, der in den dezenten Abflüssen im Fliesenmosaik darunter versickern kann.

Gesa legte den Kopf in den Nacken und schaute zum Himmel empor. Gerade zog eine weiße Wolke gemächlich über das Blau hinweg. Dann wanderte sie an den Kapellen und Statuen entlang, bis sie am Grabmal Raffaels ankam. Die lateinische Grabinschrift hatte Hans damals übersetzt: „Hier ruht Raffael, zu dessen Lebzeiten die große Mutter Natur fürchtete, von ihm überlistet zu werden, und als er starb, mit ihm zu sterben." Gesa wunderte sich, dass sie das behalten hatte.

Zeit zum Verweilen blieb nicht. Die Gruppe machte sich auf den Weg zum *Trevi-Brunnen*, der Touristenattraktion überhaupt. Natürlich drängten sich die Menschen dort, um die besten Schnappschüsse zu machen. Die Jüngeren hielten ihre Smartphones mit dem Selfiestick in die Luft und lichteten sich lachend ab. Bernd hatte eine Lücke entdeckt und trieb seine Leute zum Gruppenfoto zusammen.

„Die Großen nach hinten", rief er, „alle mal lächeln!"
24 deutsche Touristen blickten fröhlich in die Kamera, im Rücken das barocke Bühnenbild des prächtigsten Brunnens von Rom. Erst vor kurzem war er komplett restauriert worden, gesponsert von einer großen Modemarke. Nun erstrahlt die Palastfassade mit den Reliefs und Statuen in neuem Glanz und bildet einen hellen Kontrast zu dem türkisfarbenen Wasser, das aus allen Felsengruppen sprudelt.

Gesa hielt Ausschau nach der Eisdiele, in der sie damals das sündhaft teure, aber auch besonders leckere Eis gekauft hatten. Es gab sie tatsächlich immer noch, genau gegenüber vom Brunnen, 100 verschiedene Sorten Eis im Angebot. Das ließ Gesa sich nun nicht nehmen, sie stürmte in die Eisdiele und andere aus der Gruppe machten es ihr nach. Trotz der niedrigen Außentemperaturen war das italienische Eis ein wahrer Genuss.

Bernd übernahm wieder die Führung durch Straßen und Gassen. Sie passierten die *Piazza Collona* mit der *Mark-Aurel-Säule.* Die dorische Säule zeigt auf ihrem spiralförmig angebrachten Reliefband die aufwendigen und langwierigen Schlachten des großen Kaisers.

Weiter ging es zur *Spanischen Treppe,* die jetzt, im März, ohne ihre typische Blumenbepflanzung auskam. Trotzdem stieg sie eindrucksvoll zur Kirche *Trinità Dei Monti* empor, von vielen Touristen belagert. Gesa nahm sofort den Weg hinauf, um auf der hohen Terrasse den herrlichen Blick über die Stadt zu genießen. In der Ferne erkannte sie den Vatikan und die Kuppel des Petersdoms. Zusammen mit Hans hatte sie diesen Ausblick schon einmal erlebt, sie fühlte sich ihm ganz nah für einen Moment, bevor sie sich langsam an den Abstieg machte.

Von unten rief Heidi nach ihr: „Hallo Gesa, nun ist Freizeit, gehst du mit mir los?"

Die Gruppe löste sich langsam auf, aber Harald gesellte sich zu den beiden Frauen. „Kann ich euch begleiten? Ich suche nach einem Geschenk für meine Frau, da könnte ich euren Rat brauchen."

„Klar." Heidi nickte zustimmend, und Gesa war die Gesellschaft von Harald angenehm. Zu dritt zogen sie los, da sie aber alle hungrig waren, suchten sie die erstbeste Trattoria auf.

„Willst du eine Handtasche kaufen, Harald?", fragte Heidi.

„Nein, eine Handtasche braucht meine Frau nicht mehr, seit sie die überall liegen lässt, aber sie spielt so gerne mit Puppen", beantwortete Harald die Frage.

Betroffen schauten die Frauen ihn an.

„Ist sie dement?", wagte Gesa sich vor.

„Meine Frau hat Alzheimer, ich pflege sie zuhause, aber jetzt ist sie in der Kurzzeitpflege. Ich brauche mal eine Auszeit."

„Das ist ja schrecklich", äußerte sich Heidi mitfühlend und strich über seinen Arm.

„Jeder von uns hat sein Kreuz zu tragen. Kommt, lasst uns die schöne Zeit in Rom genießen!", sagte Gesa und griff zur Speisekarte.

Nachdem sie sich gestärkt hatten, bummelten die drei durch das Einkaufsviertel. Heidi ließ kein Ledergeschäft aus und wurde bald fündig: Sie erstand eine modische schwarze Handtasche mit roten Riemen. Als sie an einem Geschäft mit Holzspielzeug vorbeischlenderten, hatte Gesa eine Idee.

„Sieh mal die bunte Pinocchio-Puppe dort", sagte sie zu Harald, „wäre das nicht ein schönes Geschenk für deine Frau? Vielleicht erkennt sie die Figur noch an der langen Nase."

„Tolle Idee, danke für den Tipp." Und schon war Harald im Laden.

Auch Gesa fand ein persönliches Andenken an Rom: einen runden Anhänger aus Murano-Glas, in den kleine bunte Blüten eingeschmolzen waren. Auf einmal hatte sie Lust auf fröhliche Farben.

Nach dem Abendessen saß die deutsche Gruppe beisammen und tauschte Erinnerungen der wunderbaren Eindrücke des Tages aus.

Harald setzte sich zu Gesa an die Bar: „Darf ich dich zu einem Glas Rotwein einladen? Ich muss mich noch bei dir für den guten Rat bedanken."

Gerne nahm Gesa das Angebot an. Sie mochte den Mann und fühlte sich wohl in seiner Nähe. Seine besonnene, aufmerksame Art erinnerte sie ein wenig an Hans.

„Welches Kreuz trägst du mit dir herum?", fragte Harald unvermittelt und schaute sie ernst an. „Du hast so traurige Augen, auch wenn du lächelst."

Gesa hatte sich vor der Reise fest vorgenommen, nicht über ihren Verlust zu sprechen, aber auf einmal verspürte sie den dringenden Wunsch, Harald alles zu erzählen. Wie von selbst flossen die Worte aus ihrem Mund, sie konnte gar nicht aufhören zu reden und fühlte sich seltsam leicht, als alles gesagt war. Harald hatte aufmerksam zugehört, sie nicht unterbrochen, und nun nahm er sie stumm in seine Arme. So saßen sie da und hatten gar nicht gemerkt, dass die anderen längst schlafen gegangen waren.

Am nächsten Morgen startete die Gruppe zum Höhepunkt der Reise, der Vatikanstadt.

Gesa hatte den *Petersplatz* größer in Erinnerung, aber das lag sicher an der umfangreichen Bestuhlung, die das vordere Drittel von Roms größtem Platz ausfüllte. In den halbkreisförmigen Säulengängen schnürten einzelne Obdachlose ihr Nachtbündel zusammen und zogen schlurfend von dannen. Tagsüber wollte man den Touristen den Anblick des Elends nicht zumuten.

Trotzdem stolperte Gesa fast über eine schwarzgekleidete Frau, die bäuchlings auf dem Boden lag und ein Bettelkörbchen in den schmutzigen Händen hielt. Harald warf einen Euro in den Korb und bekam ein unverständliches Gemurmel als Dank.

Die Gruppe betrat die größte Kirche der Christenheit, in die der Kölner Dom zweieinhalbmal hineinpassen würde, durch die heilige Pforte. Das gewaltige Innere beeindruckte Gesa so tief wie vor dreißig Jahren. Es zog sie gleich zur ersten Kapelle des rechten Seitenschiffes, um Michelangelos *Pietà* zu bewundern.

Hans hatte ihr damals die Einzelheiten genau erklärt: „Auf dem Schultertuch Marias steht der Name des Künstlers. Michelangelo war erst 24 Jahre alt, als er dieses Kunstwerk schuf. Und er legte einen Hauch von Trauer über diese ebenmäßigen Körper."

Gesa ging weiter bis zur Bronzestatue des Heiligen Petrus, dessen linker Fuß ganz blank ist von den Berührungen der Touristen.

„Hat der wohl wirklich so ausgesehen?", fragte Harald, der sich an ihre Seite begeben hatte.

„Wer weiß das schon", antwortete Gesa und hakte sich bei ihm ein.

Gemeinsam bestaunten sie den riesigen Baldachin von Bernini über dem Hauptaltar, unter dem sich das Grab des Heiligen Fischers aus Galiläa befinden soll. Sie schauten ehrfürchtig empor zur majestätischen Kuppel des Michelangelo, dem größten freitragenden Ziegelbau der Welt.

„Leider hat der Künstler die Fertigstellung seines Werkes nicht mehr erlebt", sagte Harald. „Weißt du, was da oben in meterhohen Buchstaben steht?"

„Auf lateinisch kann ich dir das nicht sagen, aber ich kenne die deutsche Übersetzung", antwortete Gesa. „Du bist Petrus, und auf diesen Felsen werde ich meine Kirche bauen, und dir werde ich die Schlüssel zum Himmelreich geben.'"

„Du bist ganz schön bibelfest, meine Liebe", entgegnete Harald mit einem Lächeln.

Gemeinsam erkundeten die beiden die bedeutende Basilika, bis Heidi aufgeregt angelaufen kam: „Habt ihr schon Johannes XXIII. im Schneewittchen-Sarg gesehen?"

Aber Gesa mochte sich die konservierten Reliquien des 1963 verstorbenen Papstes nicht so genau ansehen.

„Komm", bat Harald sie, „wir besuchen das vatikanische Postamt und schreiben uns Ansichtskarten."

„Wie meinst du das?", fragte Gesa verwundert. „Wir tauschen jetzt unsere Adressen aus, und dann schreiben wir uns gegenseitig eine Karte. Auf diese Weise haben wir eine schöne Erinnerung an unsere gemeinsame Reise."

So machten sie es, suchten sich eindrucksvolle Motive aus, schrieben nette Zeilen und vergaßen nicht, auch Email-Adressen und Telefonnummern zu notieren. Gesa hatte vor Aufregung rote Wangen bekommen und viel Freude an der Sache. Bahnte sich da womöglich etwas an?

Bin ich albern, schalt sie sich, der Mann ist doch verheiratet!

Mit den Briefmarken versehen, auf denen Papst Franziskus lächelte, landeten die Karten im Postkasten.

„Wir bleiben doch in Verbindung, nicht wahr?", fragte Harald und schaute Gesa eindringlich in die Augen.

Sie nickte lächelnd: „Sehr gerne, wenn du möchtest."

Auf dem *Petersplatz* hatte sich die Gruppe gesammelt. Forsch übernahm Bernd die Führung zu den *Vatikanischen Museen*. Er trieb zur Eile an, damit die Zeit auch für die *Sixtinische Kapelle* noch reichen würde. Wieder große Sicherheitskontrolle im Eingangsbereich, dann ging es durch endlose Gänge an einer unaufhörlichen Folge von Statuen, Büsten, Reliefs und Sarkophagen vorüber.

Gesa war nicht mehr richtig bei der Sache. Zu viel ging ihr im Kopf herum, und die vielen Menschen um sie her machten sie nervös. Harald schien das zu spüren und nahm sie beruhigend bei der Hand.

Die Menschenmassen bogen nach links ab, und dann standen sie plötzlich in der *Sixtinischen Kapelle*. Der Anblick überwältigte Gesa wie beim ersten Mal auf ihrer Hochzeitsreise.

Harald hatte einen Sitzplatz erspäht und zog sie dorthin. Sie lehnte sich zurück, legte den Kopf in den Nacken und ließ Michelangelos Deckenfresken auf sich wirken.

Unvergleichlich, wie der große Meister mit seiner künstlerischen Genialität die Schöpfungsgeschichte umgesetzt hat, dachte sie demütig. Dann zog sie die mit dem Jüngsten Gericht bemalte Wand des Hauptaltars in ihren Bann.

„Die Guten steigen auf in den Himmel, und die Bösen werden in den Abgrund gestoßen; eine rigorose Denkweise zur Zeit Michelangelos, nicht?", meinte Harald.

„Konnte man sich nicht damals als Katholik noch von den Sünden freikaufen?", fragte Gesa ihn.

„Kann sein, muss ich mal nachlesen", erwiderte Harald.

Dann war der Aufenthalt in der *Sixtinischen Kapelle* beendet. Bernd fuchtelte mit seinem Schirm in der Luft herum und mahnte zum Aufbruch.

Das letzte Abendessen in Rom stand an. Danach hatte Bernd noch ein besonderes Bonbon für seine Reisegruppe parat: eine nächtliche Busfahrt durch die beleuchtete Stadt. Noch einmal passierten sie mit gezückten Kameras die eindrucksvollen Bauwerke, die illuminierten Kirchen, Brunnen, Tore und Brücken. Die Engelsburg leuchtete erhaben herab und das Denkmal

Viktor Emanuels erschien den Touristen im Licht wie eine überdimensionierte Schreibmaschine. Es hieß Abschied nehmen von der Ewigen Stadt. Jeder tat dies auf seine Art, nachdenklich oder aufgekratzt, wehmütig oder dankbar.

Harald und Gesa saßen nah beieinander und hielten sich an den Händen. Der Abschied von Rom hieß für den Mann die Rückkehr zur Pflege der Ehefrau, für Gesa hieß es die Rückkehr in ein stilles Haus. Wider Erwarten hatte ihr die Reise große Freude bereitet, und sie hatte Freundschaft mit einem sympathischen Mann geschlossen. Oder war da schon mehr entstanden?

Sie würden Verbindung zueinander halten, ganz sicher.

Ingrids kleine Freuden

Der Frühling wollte und wollte in diesem Jahr nicht kommen. Es war kalt und dunkel, wir hatten immer noch die Heizung an. Trotzdem bemühte sich Ingrid, jeden Tag einen kleinen Spaziergang in Hofnähe zu machen. Konrad hatte zu diesem Zweck einen Rollator besorgt und begleitete seine Frau, damit sie nicht alleine unterwegs war. Häufig kam auch eine Nachbarin, um gemeinsam mit Ingrid zu laufen. So auch am 22. Mai.

Als ich auf dem Bauernhof eintraf, waren sie noch unterwegs. Ich setzte mich zu Konrad ins Wohnzimmer, wir sprachen offen miteinander.

„Hoffentlich kann Ingrid noch einen schönen Sommer erleben", sagte er.

„Was meint der Arzt vom Palliativ-Dienst?", fragte ich ihn.

„Der will sich dazu nicht äußern, er sorgt aber dafür, dass sie keine Schmerzen hat."

„Ich bewundere Ingrid, wie tapfer sie dieses furchtbare Leid durchsteht", sagte ich zu ihm.

Dann kam meine Freundin ins Zimmer und freute sich, mich zu sehen, wie auch auf das wöchentliche Haarbad. Ich hatte ihr einen Duschhocker mitgebracht, den ich in einem Baumarkt gekauft hatte. Es war sicherer, wenn sie beim Duschen sitzen konnte, das sah auch Konrad ein.

Der Nachmittag war Ingrids beste Tageszeit. Dann war die Nahrung durchgelaufen und sie konnte sich im Haus frei bewegen. Vormittags lag sie lange im Bett oder ruhte auf dem Sofa im Wohnzimmer. Wenn Konrad in der Küche zu Mittag aß, leistete sie ihm immer Gesellschaft und versuchte dabei, auch ein wenig von dem Essen zu probieren. Das gelang mehr schlecht als recht, aber sie bekam dabei einen anderen Geschmack in den Mund.

An diesem Nachmittag schauten wir uns Fotos von der Taufe an, dann die Alben mit den Bildern von der Enkelin, Aufnahmen von der großen Geburtstagsparty. Wir saßen nahe beieinander auf dem Sofa und teilten Erinnerungen.

„Weißt du noch, wie wir auf einem Seminar gegenseitig unsere Hände betrachten und berühren sollten?", fragte Ingrid und nahm meine Hände in ihre.

„Ja, und ich erinnere mich, dass ich mich damals dabei unwohl fühlte", antwortete ich.

„Heute aber nicht?", meinte meine Freundin und streichelte meine Hände.

Dann kam Konrad mit dem Enkel zu uns und wir teilten eine kurze Zeit Großelternfreuden, bis Ingrid müde wurde und sich hinlegte.

„Liest du mir noch eine Geschichte vor", bat sie mich, „ich höre dir so gerne zu."

Die Reise nach Rom war mir etwas zu lang geraten, ich suchte eine andere für sie aus.

Das Versteck

Jürgen schloss die Wohnungstür auf, dann ließ er seiner Frau den Vortritt, ächzte mit den beiden Koffern hinterher und stellte sie in der Diele ab.

„Uff, warum sind Koffer am Urlaubsende immer schwerer als am Anfang?"

Beate nahm seinen Kopf zwischen ihre Hände und gab ihm einen Kuss:

„Weil soviel Sand und Schweiß in den Klamotten ist, mein Lieber. Wir hatten doch einen schönen Urlaub, nicht? Aber nun freue ich mich auf unser Zuhause. Wie wär`s mit einem Kaffee?"

Jürgen ging ins Wohnzimmer, öffnete die Balkontür und trat nach draußen, Blütenduft strömte ihm entgegen.

„Schau mal, Beate, der Flieder vorm Balkon blüht schon. Alle Büsche und Bäume sind grün und der Rasen ist frisch gemäht worden. Seine Frau folgte ihm mit einem Tablett, dann stellte sie die Tassen auf den kleinen Balkontisch und bemerkte den bunten Blumenstrauß, der darauf stand.

„Wie nett, Frau Lohoff hat uns Blumen hingestellt, sie ist wirklich reizend, nicht?"

Frau Lohoff war schon viele Jahre die Flurnachbarin des Ehepaares, eine kontaktfreudige alte Dame ohne familiäre Bindung. Ihr Ehemann war vor einigen Jahren verstorben, Kinder hatten sie nicht gehabt. Bereitwillig übernahm sie bei Beate und Jürgen die Pflege der Zimmerpflanzen, wenn diese im Urlaub waren. Sie hatte einen grünen Daumen.

„Holst du nachher unseren Haustürschlüssel ab, Jürgen?", fragte Beate ihren Mann, während sie Kaffee eingoss. „Nimm auch gleich unser Geschenk für Frau Lohoff mit, hoffentlich mag sie das Parfum!"

„Du weißt, mein Schatz, dass mich Frau Lohoff so schnell nicht wieder gehen lässt, ich muss erst alles haarklein berichten", entgegnete Jürgen.

Als er nach einer Stunde wieder in der heimischen Wohnung ankam, fand er Beate heulend und aufgelöst im Schlafzimmer vor. Die Türen des Kleiderschrankes waren weit geöffnet, Kleidungstücke lagen auf dem Bett und die Wäsche, sonst ordentlich übereinander gestapelt, war völlig zerwühlt.

„Was ist denn hier passiert?", fragte Jürgen besorgt.

„Der Schmuck ist nicht mehr da", schluchzte Beate, „ich weiß genau, dass ich den Beutel in die Tasche deines Wintermantels gesteckt habe, aber da ist er nicht mehr!"

„Rege dich nicht auf, bestimmt hast du den Schmuck woanders verstaut, denke in Ruhe nach, wir finden ihn schon," versuchte Jürgen seine Frau zu beruhigen.

Beate hatte von ihrer Großmutter einige wertvolle Schmuckstücke geerbt, die sie zu verschiedenen Anlässen auch trug: einen schlichten Brillantring, ein goldenes Medaillon mit passender Kette und ein Smaragd-Ensemble, das perfekt mit ihren grünen Augen harmonierte. Sie hing sehr an diesem Familienschmuck und wollte sich niemals davon trennen. Jetzt war die junge Frau in Panik.

„Hast du den Schmuck in den Gefrierschrank gelegt wie im vorigen Jahr?", fragte Jürgen vorsichtig.

„Jeder weiß doch, dass die Diebe da zuerst suchen", heulte seine Frau.

Dann begannen die beiden, jedes Kleidungsstück zu durchsuchen, sie fassten in alle Jackentaschen, räumten sämtliche Wäschestücke aus und wieder ein, schauten unter die Matratzen, in ein Dutzend Handtaschen, nahmen jede Socke unter die Lupe und vergaßen nicht mal die Waschlappen. Nichts!

Dann nahmen sie sich den Wohnzimmerschrank vor, äugten in Tassen und Schüsseln, suchten zwischen CDs und Büchern, kramten in allen Winkeln. Gar nichts!

Um Mitternacht waren sie in der Küche angekommen. Kühlschrank, Vorratsschrank und Geschirrschrank wurden akribisch unter die Lupe genommen. Auch im Backofen lag kein Schmuckbeutel. Beate war verzweifelt.

„Sollte Frau Lohoff etwa…?" Sie sprach diesen Satz nicht zuende, fürchtete sich vor der Konsequenz.

„Gehen wir schlafen, es ist spät genug, morgen suchen wir weiter. Vielleicht fällt es dir im Traum ein, wo du den Schmuck versteckt hast", meinte Jürgen gähnend. „Frau Lohoff stiehlt doch nicht!"

Beate fand lange keinen Schlaf. Die halbe Nacht grübelte sie über ihre Schritte mit dem Schmuckbeutel in der Hand nach. Ich habe doch die Schranktür geöffnet, und dann? Sie war in Eile gewesen: Koffer packen, Wohnung aufräumen, und da hatte auch noch ihre Freundin angerufen.

Der nächste Tag war zum Glück noch arbeitsfrei. Jürgen und Beate suchten weiter nach dem Schmuck, im Bad, im Abstellraum und im Keller. Ihre Suche war leider nicht erfolgreich!

„Jetzt bleibt uns nur der Weg zur Polizei", stellte Jürgen erschöpft fest.

„Eine Anzeige wegen Diebstahl?", fragte Beate. „Es gibt keine Einbruchsspuren, also müssten wir Frau Lohoff beschuldigen. Sie hatte als einzige einen Wohnungsschlüssel."

„Vielleicht war sie in Geldnöten und hat den Schmuck ins Pfandhaus gebracht", meinte Jürgen. „Sie hat keine besonders hohe Rente."

„Wenn wir sie anzeigen, und sie war es nicht, dann fügen wir ihr einen seelischen Schaden zu, und unsere gute Nachbarschaft ist zerstört", überlegte Beate. „Das könnte ich gar nicht verkraften."

„Wenn sie uns tatsächlich beklaut hat, dann muss sie in großer Not gewesen sein", sagte Jürgen nachdenklich.

Das Ehepaar kam überein, nichts zu unternehmen. Man würde ohne den verschwundenen Schmuck auch leben können. Natürlich war es schade um die Erbstücke, Erinnerungen hingen daran und der Stolz der Besitzerin, aber es gab Schlimmeres im Leben.

„Ich kaufe dir vom Weihnachtsgeld ein neues Schmuckstück, moderner und nach deinem Geschmack", schloss Jürgen das heikle Kapitel ab.

Monate gingen ins Land, es wurde Sommer, dann Herbst, und in den ersten Novembertagen wurde es bitterkalt. Ein eisiger Wind fegte über das Land, die Temperatur lag auch tagsüber im Minusbereich.

Als Jürgen morgens zum Dienst aufbrechen wollte, kehrte er von der Straße noch einmal zurück ins Haus: „Schatz, hole mir die Winterstiefel aus dem Schrank, draußen ist es ganz schön glatt!"

Beate stellte ihm die gefütterten Velourlederstiefel vor die Füße: „Bitteschön, der Herr!"

Jürgen schlüpfte zuerst mit dem rechten Fuß in den Stiefel, dann mit dem linken. „Autsch, was ist denn da drin?"

Er fasste tief in den linken Stiefel hinein und brachte ein blaues Stoffsäckchen zum Vorschein.

„Beate, komm ganz schnell her!", rief er aufgeregt.

Sie kam aus dem Bad gerannt, wohl wissend, dass etwas Gravierendes geschehen sein musste. Triumphierend schwenkte Jürgen den Beutel vor ihrem Gesicht hin und her.

„Der Schmuck war im Stiefel. Wer hat ihn da wohl hineingesteckt?"

Beate schossen die Tränen in die Augen vor Glück, aber auch vor Scham, weil sie die alte Nachbarin verdächtigt hatten.

Jürgen nahm seine Frau in die Arme: „Ich bin nur froh, dass wir damals das Richtige unternommen haben, nämlich nichts!"

Ingrid nimmt Abschied

Endlich war der Frühling da! Die Blüten der Pfingstrosen begannen sich zu öffnen und die warmen Sonnenstrahlen lockten ins Freie. Ich hatte gerade ein schönes verlängertes Wochenende mit den Meisterinnen verlebt. Die gebuchte Bustour zur Insel Rügen hatte uns eine gute Zeit miteinander beschert. Ich ließ Ingrid daran teilhaben, indem ich ihr laufend Fotos schickte und Erklärungen zu den Erlebnissen. Stets kamen Antworten per SMS, sie kommentierte und zeigte Interesse. Ich kaufte ein Lesezeichen für sie mit dem Gemälde der Wissower Klinken von Caspar David Friedrich. Diese Kreidefelsen gibt es heute in der damaligen Form nicht mehr, große Teile sind inzwischen abgebrochen. Natürlich schickten wir auch eine Ansichtskarte an Ingrid, auf die jede von uns einen lieben Gruß schrieb.

Wieder zuhause, kam eine Menge Arbeit auf mich zu. Wir hatten die Anstreicher im Haus, die lange geplante Renovierungsarbeiten durchführten. Hin und wieder schrieb ich an Ingrid, aber ich erhielt keine Antworten mehr. Darum rief ich an, um meinen Besuch abzustimmen.

Konrad war am Telefon und teilte mir traurig mit, dass sich der Zustand seiner Frau rapide verschlechtert hatte. „Komm und sieh selbst!"

Am 7. Juni traf ich auf dem Hof ein und fand die Haustür geöffnet vor. Ich trat ein und hörte Stimmen aus dem Schlafzimmer. Dort wurde Ingrid von einer Physiotherapeutin behandelt, die Lymphdrainage durchführte. Ich wartete im Wohnzimmer, und wenig später wurde Ingrid von der netten Dame in Weiß zu mir gebracht.

Ich erschrak tief über das Aussehen meiner Freundin: Das Gesicht war stark angeschwollen, besonders um die Augen herum, das rechte Auge fast geschlossen. Das Kinn bedeckte ein dicker Verband, und auf den anderen Narben wuchsen über blauroter Haut kleine Knoten hervor. Das war der Moment, an dem ich inbrünstig wünschte, dieses Leiden möge bald beendet sein.

Ingrid legte sich aufs Sofa, um sich von der Behandlung auszuruhen. Sie sprach wenig, und wenn sie es tat, wurde sie immer wieder von starkem Husten unterbrochen. Mit ein paar Kissen im Rücken versuchte ich ihre Lagerung zu verbessern, um die Atmung zu erleichtern.

„Ich habe die Taxol-Therapie jetzt endgültig abgebrochen", teilte sie mir ruhig mit. Danach schlief sie ein, und ich blieb still zu ihren Füssen sitzen.

Sie erwachte, als Konrad mit dem Kaffee kam.

„Du wäscht mir doch noch die Haare, Maria?", fragte sie dann.

„Natürlich, wenn es dir nicht zu anstrengend wird", war meine Antwort.

„Du machst das doch so vorsichtig."

Dann blutete sie aus der Nase und suchte nach den Taschentüchern. Ich fand sie in der Sofaecke und reichte sie ihr, eines nach dem anderen. Den Kaffee probierte sie nicht. Ich hatte große Bedenken, mit Ingrid die Stufen ins Bad hoch zu steigen, aber sie schaffte es mit meiner Hilfe ganz gut. Wieder saß sie vor dem Waschbecken und ich hatte das Gefühl, als führte ich ein Ritual durch, das nur uns beide betraf, und an das ich mich immer erinnern würde.

Es war das letzte Mal.

Wieder im Wohnzimmer, wurde mein Freundin auf einmal unruhig, versuchte mit den Fingern einen imaginären Gegenstand vom Tisch aufzunehmen, aber da lag nichts und die Tassen waren längst abgeräumt.

„Hast du gerade die Maus gesehen, die am Ofen vorbeihuschte?", fragte sie plötzlich.

Ich hatte nichts wahrgenommen, meinte aber:

„Das kommt auf Bauernhöfen schon mal vor."

Als Konrad mich zum Auto begleitete, fragte er mich: „Wie lange wird diese Qual noch dauern? Der Arzt spricht von vier bis sechs Wochen."

Ich schüttelte den Kopf: „So viel Zeit ist nicht mehr."

Mit schwerem Herzen fuhr ich nach Hause, unfähig, dort meinem Mann auch nur annähernd beschreiben zu können, was ich empfand.

Ich blieb mit Konrad in Verbindung und erfuhr, dass Ingrid nur noch mit Begleitung laufen konnte.

„Sie ist sehr schwach und schläft viel. Manchmal sieht sie Dinge oder Personen, die nicht vorhanden sind, aber ich höre nie ein Wort über Schmerzen. Der Arzt kommt mehrmals in der Woche und kümmert sich um die Medikamente. Ich glaube, dass Ingrid Morphium bekommt."

Am 11. Juni erfuhr ich, dass die Hörgeräte meiner Freundin verschwunden waren.

„Wir haben wirklich überall gesucht, sie sind unauffindbar."

Vielleicht hat sie gemeint, dass sie nun bald nicht mehr benötigt werden und sie deswegen im Klo entsorgt, dachte ich bei mir und sagte zu Konrad: „Ich komme morgen, dann kann ich ja auch noch mal suchen."

Am nächsten Tag öffnete Konrad mir die Tür: „Es geht ihr schlecht, aber sie ist bewundernswert gefasst."

Meine Freundin lag auf der Couch. Mich wunderte, dass sie mich gleich erkannte, denn ihre Augen waren beidseitig fast zugeschwollen.

„Schön, dass du da bist!", sagte sie leise mit ihrer rauen Stimme und richtete sich auf.

Ich setzte mich nah zu ihr und beschrieb die schöne Natur da draußen, die jetzt, bei dem herrlichen Wetter, alle Register der Blütenpracht zog. Ich berichtete, wie hoch der Mais schon war und wie gut Kartoffeln und Rüben aufgegangen waren.

„Stell dir vor, wir haben eine Seuche im Schweinestall, Maria", erzählte mir Ingrid traurig.

„Davon hat Konrad mir gar nichts gesagt", erwiderte ich, unsicher, ob ich ihr glauben konnte.

„Dein Sohn wird das schon regeln, belaste dich nicht damit", sagte ich laut und deutlich, denn sie trug keine Hörgeräte.

Später erfuhr ich, dass im Maststall alles in bester Ordnung war.

Ingrid atmete schwer und erzeugte dabei ein rasselndes, brodelndes Geräusch. Darum richtete ich ihre Kissen im Rücken so, dass sie sich mit erhöhtem Oberkörper hinlegen konnte.

„Bekommst du heute schlecht Luft?", fragte ich.

„Nein", war die Antwort.

„Das Haarbad lassen wir besser ausfallen, du musst dich ausruhen, aber dafür lackiere ich nachher deine Fingernägel", schlug ich vor.

Daraufhin sagte meine Freundin: „Ich will morgen sowieso zum Frisör, das habe ich mir fest vorgenommen."

„Gute Idee", antwortete ich mit Tränen in den Augen.

Dann schlief sie ein, und ich ging durch das Zimmer, um ein Fenster zu öffnen. Dabei schaute ich mich um, ob vielleicht die Hörgeräte zu entdecken wären. Erfolglos!

Still setzte ich mich zu der Kranken, schaute sie an und

lauschte auf die Atmung. Zwischen dem Brodeln gab es hin und wieder Aussetzer, aber sie lag ganz ruhig und entspannt.

Wir müssen wohl ungefähr eine Stunde beisammen gewesen sein, als Ingrid von einem Hustenanfall geweckt wurde. Sie setzte sich auf und hielt mir ihre Hände hin. Ich legte meine ganze Liebe in diese Nagelpflege hinein, reinigte und feilte behutsam und trug dann den zartrosafarbenen Lack auf.

„Halt die Hände schön still, damit er nicht verschmiert!"

Nachdem der Nagellack trocken war, cremte ich ihre Hände ein. Ich massierte und streichelte sie, im Gegenzug tat sie das Gleiche mit meinen Händen.

Um 17.30 Uhr schickte sie mich nach Hause: „Fahr jetzt, ich bin müde. Aber morgen gehe ich zum Frisör, versprochen!"

Ich nahm Ingrid in die Arme und küsste sie. „Mach es gut!"

Am Abend des darauf folgenden Tages atmete Ingrid ihr Leben im Beisein von Konrad aus.

Ich fuhr zu einem letzten Abschied zu meiner Freundin. Konrad begleitete mich in den Aufbahrraum. Sie lag so still und friedlich da, endlich erlöst. Um Hals und Kinn hatte man ihr das farbenfrohe Tuch geschlungen und auf ihren Händen lag ein Strauß Pfingstrosen.

Ich streichelte ihre Wange: „Schlaf schön, Ingrid!"

Diese Endgültigkeit erfüllte mich mit unendlicher Trauer, aber gleichzeitig auch einer tiefen Zufriedenheit darüber, dass wir uns in diesem Jahr des Abschieds so nah gewesen waren.

Zur Beisetzung kamen alle Freundinnen. Sie nahmen mich liebevoll in ihre Mitte. So fühlte ich mich bei aller Trauer behütet und unterstützt.

Liebe, Freundschaft und Mitmenschlichkeit sind der blühende Garten unserer Gesellschaft.

Eine besondere Freundschaft

Ich lernte Arkadiusz Kowalski in einer Zeit kennen, als die Polen-Witze in Deutschland auf dem Höchststand ihrer Blüte und die Vorurteile gegen alles Polnische weit verbreitet waren. Aber auch die Polen pflegten ihre Vorurteile gegen die Deutschen, nur erfuhr ich das erst später.

Mitte der neunziger Jahre arbeitete ich als Familienhelferin für die Diakonie. Einer meiner Einsätze führte mich regelmäßig zu der alten Frau Luzie Berger, um ihr im Haushalt und bei der Körperpflege zu helfen. Dort traf ich eines Tages auf Arkadiusz, der sich zu einem Besuch bei der deutschen Tante aufhielt. Die alte Dame war einst die beste Freundin seiner Mutter gewesen, auch noch in der Zeit des Eisernen Vorhangs, während die eine in Westdeutschland und die andere in Polen lebte. Arkadiusz' Mutter war schon verstorben, aber der Sohn hielt den Kontakt zu der Freundin aufrecht. Er war unglaublich froh über die neue Freiheit, endlich auch in den Westen reisen zu dürfen, hatte er es doch vorher nie gewagt.

Während meiner Einsätze berichtete mir Frau Berger viel über ihre Lebensjahre in der polnischen Kleinstadt Koło an der Reichsstraße 1 zwischen Posen und Warschau. Damals gab es ein gutes Miteinander zwischen der polnischen und deutschen Bevölkerung. Aber der Zweite Weltkrieg zerstörte dieses Zusammenleben brutal. Am Ende verließen die meisten Deutschen das Land.

Soviel zu der Vorgeschichte.

Arkadiusz sprach kaum ein Wort deutsch, und ich war der polnischen Sprache nicht mächtig. Trotzdem wagte ich den Versuch einer Kommunikation und kramte ein paar Brocken Schulenglisch hervor: „Do you like Unna?"

„Yes, of course, please say Arek to me", war der Beginn unserer holprigen Unterhaltung.

Das stimmte nicht so ganz, denn mein Gesprächspartner sprach hervorragend englisch, nur meines war stümperhaft. Ich hatte es viel zu lange nicht praktiziert.

Dennoch erfuhr ich in diesen Tagen eine ganze Menge über Frau Bergers Gast. Er war verheiratet und hatte zwei Kinder, die die höhere Schule besuchten. Seine Frau Pola arbeitete ganztags im Büro der Fabrik für Autoglas, in der auch Arek als Einkaufsmanager tätig war. Trotzdem reichte das Einkommen nur gerade so für die vierköpfige Familie. Sie besaßen kein Auto und fuhren mit dem Bus zur Arbeit. Auf dem Nachhauseweg schaute Arek stets bei seinem alten Vater vorbei und trank einen Wodka mit ihm. Ich erzählte von meiner Familie, von meiner Arbeit und lud den polnischen Gast und seine Tante zu mir nach Hause ein.

Mein Mann Wilm und ich hatten erst vor kurzem unser neu erbautes Haus bezogen, und ich wollte es stolz präsentieren. Dabei kam ich mir auf einmal schäbig vor, denn ich führte einem Menschen, der sehr bescheiden leben musste, unerreichbaren Luxus vor. Aber Arek schien keinen Neid zu verspüren, er schaute sich die Räume aufmerksam an und sagte dann: „It's a very nice building, congratulation, Maria!"

Am darauf folgenden Tag schlug ich nach der Arbeit einen Ausflug mit meinem Auto ins Sauerland vor. Es war ein sonniger Herbsttag und ich hatte gerade nichts Wichtiges vor. Ich wählte die schöne Strecke durch das Hönnetal bis zum Sorpesee. Dort angekommen, suchten wir für Tante Luzie einen schönen Platz auf einer Bank und spazierten um den See herum.

Arek hatte seine Fotokamera dabei und schoss einige Aufnahmen. Er erzählte mir, dass das Fotografieren sein großes Hobby sei, er aber nur Schwarzweiß-Fotos mache.

„It's my passion", war seine stolze Erklärung.

Beim Abschied am Abend nahm Arek meine rechte Hand und küsste sie. So etwas hatte ich noch nie erlebt, es machte mich verlegen.

Solange Frau Berger lebte, traf ich Arek jeden Herbst, wenn er zu Besuch in Unna war. Inzwischen hatte sich auch mein Englisch deutlich verbessert. *Learning by doing* war die Devise. Zusätzlich schaute ich immer mal wieder in mein Wörterbuch, um neue Vokabeln zu lernen.

Wir hatten immer mächtig Spaß bei unserer Unterhaltung und tauschten uns über alles aus, was uns bewegte. Mein Interesse an den Lebensumständen der Polen war groß.

Arek beobachtete mich bei der Arbeit und bei meinem Umgang mit Tante Luzie. Einmal gestand er mir, dass er die deutschen Frauen für oberflächlich und kühl gehalten habe, aber ich wäre warmherzig und mitfühlend. Dieses Lob stimmte mich froh.

Als die alte Dame mit 86 Jahren starb, wurden unsere Treffen zunächst für einige Jahre unterbrochen. Aber der Kontakt hielt sich weiter durch Telefonate und Briefe aufrecht.

Nach der Jahrtausendwende kamen Kurznachrichten via Handy und Emails dazu. Es wurden Berichte über die Gestaltung des Weihnachtsfestes geschickt, über den 100. Geburtstag des alten Vaters und die Studiengänge der Kinder. Ich erfuhr auch, dass ihnen der Namenstag wichtiger als der Geburtstag ist und richtete mich danach.

Arek konnte stolz erste Ausstellungen seiner Schwarzweiß-Fotografie vermelden und schickte mir Auszüge seiner Kunst zu. Mein Mann teilte mein Interesse an der polnischen Familie, aber mit deutschen Bekannten sprach ich kaum darüber. Ich hatte bemerkt, dass sie für diese Beziehung kein Verständnis hatten.

Endlich, im Jahr 2005, konnten die polnischen Freunde einen gebrauchten Ford Mondeo erwerben, aber es sollte noch fünf Jahre dauern, bis Arek und seine Frau Pola unsere oft wiederholte Einladung annahmen.

Der alte Herr Kowalski wurde pflegebedürftig und starb im Alter von 101 Jahren.

Natürlich erfuhren wir auch von der Geburt ihres ersten Enkels, und mein Mann und ich nahmen großen Anteil, denn auch wir waren seit einigen Jahren Großeltern. Es gab immer etwas zu berichten, Ratschläge wurden eingeholt und Meinungen ausgetauscht. Endlich waren wir Freunde alle im Ruhestand und schmiedeten Pläne für unser Treffen, da erkrankte Pola schwer.

Die unbarmherzige Diagnose lautete Morbus Parkinson. Es dauerte eine Weile, bis sie medikamentös gut eingestellt war, aber dann, im Frühsommer 2010, wagten unsere Freunde die Autofahrt von Mittelpolen nach Westfalen.

Die Wiedersehensfreude war groß. Wir verbrachten eine harmonische Woche miteinander, in der die Sprachbarrieren gar nicht ins Gewicht fielen, obwohl Pola nur geringe Englischkenntnisse besaß. Wir schafften es immer, uns zu verständigen, notfalls mit Händen und Füßen und Zeichnungen. Es wurde viel gelacht in diesen Tagen und manches Glas Wodka geleert. Dabei waren unsere Freunde rücksichtsvoll, bescheiden und dankbar. Wir machten Ausflüge zum Schloss Nordkirchen und ins Münsterland, nach Essen zur Zeche Zollverein und ins Folkwang-Museum, außerdem eine Bootsfahrt auf der Möhne.

Nach einer Woche hieß es leider Abschied nehmen, aber diese deutsch-polnische Freundschaft hatte sich weiter vertieft. Als wir den deutschen Bekannten von unseren netten Gästen erzählten, kam die unglaubliche Frage: „Und, habt ihr schon nachgesehen, ob etwas fehlt?"

Es sollte ein Scherz sein, aber mich machte er zuerst wütend und dann traurig.

Zwei Jahre später konnte ich zu einem Gegenbesuch nach Polen starten. Ich nahm den Flieger von Dortmund nach Łódź und wurde auf dem Flughafen von Arek und Pola in Empfang genommen. Vor uns lag eine sechzigminütige Autofahrt, auf der ich schon einige Gegensätze des Landes sah. Es war Erntezeit, auf den Feldern waren sowohl große Mähdrescher im Einsatz als auch Bauern mit Pferd und Wagen zu sehen. Wir fuhren vorbei an prächtigen Häusern, aber auch an halbverfallenen Bauten. Am Straßenrand saßen Menschen, die ihre Produkte zum Kauf anboten: Korbwaren, Honig, Obst und Gemüse.

Die Wohnung meiner Freunde war klein und befand sich im dritten Stock eines Plattenbaus, aber sie bestand aus vier gemütlichen Zimmern, Küche, Diele und Bad. Arek erklärte mir, dass die Wohnung sein Eigentum sei und die meisten Polen eigene Wohnungen hätten. Pola kaufte mir sofort ein Paar Pantoffeln, die ich in der Wohnung tragen sollte. Es fiel mir auf, dass die Polen ihre Sachen schonen. Zum Beispiel wechselten sie sofort die Kleidung, wenn sie nach einem Ausflug in die Wohnung zurückgekehrt waren. Ich wurde im ehemaligen Kinderzimmer der Tochter untergebracht, es war zu diesem Zweck frisch renoviert worden, wie auch die übrige Wohnung.

Meine Freunde hatten sich viel Mühe gemacht und keine

Kosten gescheut. Ihre Gastfreundschaft wurde zu einer wertvollen Erfahrung für mich.

Am nächsten Tag zeigten sie mir stolz ihre Stadt. Koło hatte in Zeiten deutscher Besatzung den Namen Warthbrücken gehabt, und diese zwei Brücken überquerten wir bei unseren Spaziergängen. Wir wanderten über die Wiesen an der Warthe entlang. Am gegenüberliegenden Ufer erhob sich trutzig die langgestreckte Ruine der Burg Koło, eine gotische Wehranlage aus dem 14. Jahrhundert. Ihr Stifter soll König Kazimierz der Große gewesen sein, wie ich aus meinem Reiseführer erfuhr.

Der Fluss mäandert durch weitläufige Auen, er hat alle Möglichkeiten, sich auszudehnen und die Wiesen zu fluten. Die Polen haben keine ufernahe Bebauung zugelassen, sie respektieren die Natur. Es gibt unendlich viele Landschafts- und Naturschutzgebiete in Polen, deren Erkundung sich lohnt.

Nach unserem Spaziergang ließen meine Gastgeber und ich den heißen Sommertag mit einem kühlen polnischen Bier ausklingen.

Der Morgen bescherte mir nach einem ausgiebigen Frühstück einen Ausflug in den Wallfahrtsort Lichen.

Dort gibt es das größte Gotteshaus Polens zu bewundern, die achtgrößte Kirche in Europa. Sie wurde in den Jahren 1994 bis 2004 erbaut, fast nur mit Spendengeldern. Es versteht sich von selbst, dass Papst Johannes Paul II. diese Basilika der Muttergottes im Jahr 2005 besuchte und segnete. Als wir die 33 Stufen – Jesus' Lebensjahre – zum Portal emporstiegen, fühlte ich mich von den gigantischen Ausmaßen fast erschlagen.

Richtig überwältigt aber war ich von dem prunkvollen Innenleben des Gotteshauses. Blattgold und sakrale Kunst, soweit das Auge reichte, und alle freien Wände zierten eine unübersichtlich große Anzahl von Messingplatten mit den Namen der Spender, die dieses Bauwerk erst möglich gemacht hatten.

Wie viele soziale Einrichtungen hätte man mit diesen Spendensummen schaffen können? Ich stand dieser Gigantomanie zwiespältig gegenüber, aber das liegt wahrscheinlich auch an meinem Mangel an Frömmigkeit.

Meine Gastgeber deuteten meinen kritischen Gesichtsausdruck richtig; fast schien es mir, als teilten sie meine Meinung sogar. Aber ich äußerte mich keinesfalls negativ über das Bauwerk und die katholische Kirche. Ich war Gast in diesem Land und respektierte die Lebensweisen und den starken Glauben.

Am darauf folgenden Tag stand wieder ein weltlicher Ausflug an: Wir fuhren zu dritt nach Ciechocinek, dem wohl bekanntesten Kurort Polens. Die Stadt mit den heilkräftigen Sole-Quellen liegt an der Weichsel und wurde in Zeiten der deutschen Besatzung Hermannsbad genannt. Mir gefiel der Spaziergang durch den aufwendig mit Blumen bepflanzten Kurpark. Danach bewunderte ich die drei endlos langen Gradierwerke, einmalig in Europa. Pola und ich stiegen die Stufen zum Dach eines dieser Bauwerke empor und genossen den schönen Blick von oben.

Viel zu schnell ging mein Besuch bei den polnischen Freunden zu Ende, und ich musste den Flieger Richtung Heimat nehmen. Ich hatte mich in dem fremden Land sehr wohl gefühlt und dachte über einen entsprechenden Dank für Arek und Pola nach.

Nach und nach reifte in mir die Idee für eine Ausstellung in Deutschland, auf der unser Freund einen Querschnitt seiner Schwarzweiß-Fotokunst zeigen könnte. Dieser Vorschlag stieß auf Interesse von polnischer Seite, und ich bemühte mich, einen entsprechenden Raum zu finden. Das war nicht leicht, aber schließlich gelang es mir, die Ökologiestation des Kreises Unna für eine Ausstellung zu begeistern.

Nun ging es an die Vorarbeit: Texte für Programmheft und

Einladungen schreiben, Biografie des Künstlers mit Foto ausdrucken, weiße Kartonbögen für die Rahmen vorbereiten und Informationen an die Presse geben.

Im Oktober 2014 war es endlich soweit. Arek und Pola begaben sich wieder auf die 900 Kilometer lange Autofahrt zu uns, 50 große Fotos im Kofferraum ihres Fords, die wir gemeinsam einrahmten. Zur Ausstellungseröffnung kamen Kunstinteressierte, Presseleute, aber auch viele Freunde von Wilm und mir, was mich besonders freute.

Nach meiner Laudatio schlenderten wir durch die Halle, betrachteten die eindrucksvollen Bilder und kamen alle miteinander ins Gespräch.

Die Zeit der Vorurteile war endgültig Vergangenheit geworden.

Das syrische Mädchen

Zana ließ die Hand ihres Vaters Salman nicht los. Eigentlich war sie mit ihren neun Jahren schon viel zu alt, um an der Hand eines Erwachsenen zu laufen, aber jetzt stürmte so viel Überwältigendes auf sie ein, dass sie glaubte zu träumen.

Sie schlenderten über einen Platz an einer großen Anzahl kleiner Holzbuden und Stände vorbei. Darin wurden die wunderbarsten Leckereien angeboten, es gab Häuschen mit bunten Herzen und den verschiedensten Süßigkeiten, andere mit Obst und Nüssen, dann wieder Waffelbäckereien. Grillfleisch, Pommes, gebackene Kartoffel und Gemüse verlockten zum Schlemmen, und an Glühweinbuden klebten Menschentrauben.

In einem Stand hingen so viele Spielsachen, wie Zana sie noch nie gesehen hatte. Häuschen mit glänzendem Schmuck lockten die Frauen an, und Stände mit kuscheligen Socken und Schals boten die ideale Winterbekleidung. Das Mädchen wusste nicht, wohin es zuerst schauen sollte: all die Engel und Kerzen, blinkende Lichter und Puppen in roten Mänteln, die wie alte Männer aussahen. Über all dem lag ein herrlicher Duft nach Zimt und Mandeln, und eine liebliche fremdartige Musik klang in ihren Ohren.

Es kam ihr wie ein wunderbarer Traum vor, und sie schaute zu ihrem Vater hoch.

„Sind wir jetzt im Paradies?", fragte sie leise.

Der Vater lächelte: „Die Deutschen nennen es Weihnachts-

markt, sie stimmen sich auf das große Fest ein, das sie Christ-
fest nennen."

Mit einem Mal dachte Zana an ihre Freundin Elisar, die im
Nachbarhaus gewohnt hatte und Christin war. Die hatte mit
ihrer Familie auch Weihnachten gefeiert. Elisar hatte Zana immer eingeladen, den Christbaum zu bewundern.

Elisar war lange vor ihnen geflohen, sie hatte nichts mehr
von ihr gehört. Zana verspürte eine schmerzhafte Sehnsucht
nach der Freundin.

In ihrem Heimatland Syrien herrschte schon lange ein
furchtbarer Krieg. In das Haus war eine Rakete eingeschlagen
und hatte die Mutter und den kleinen Hamid getötet.

Der Vater hatte einige Habseligkeiten und den Goldschmuck der Mutter eingepackt und war mit Zana zu einer
großen Reise aufgebrochen.

„Dich will ich nicht auch noch verlieren, hier gibt es keine
Zukunft für uns, wir fahren nach Deutschland! Dort sind wir
willkommen, die Menschen sind freundlich und friedlich!"

Zana hatte noch nie etwas von Deutschland gehört. Welche
Sprache spricht man dort?, dachte sie. Das Mädchen hatte schon
ein Jahr Englisch-Unterricht gehabt, als die Schule vor Monaten zerstört worden war. Fortan gab es keine Möglichkeit mehr,
den Unterricht abzuhalten.

Zana war eine fleißige Schülerin gewesen.

Zunächst fuhren sie mit dem Taxi Richtung Norden. Ein
Mann in Uniform half ihnen in der Nacht beim Grenzübertritt
in die Türkei. Dort trafen sie in einem Lager auf viele andere
Flüchtlinge. Sie ruhten sich aus und kauften Lebensmittel ein.
Auf einem Platz stand eine große Anzahl von Bussen. Der Va-
ter verhandelte mit einem Fahrer über den Preis für die Reise.
Zana konnte der Unterhaltung nicht folgen, aber sie verstand
so viel: Die Fahrt kostete ein Vermögen.

Der Goldschmuck musste verkauft werden. Eine Taxifahrt in die nächste Stadt stand an und die Suche nach einem Goldhändler. Die Händler nutzten die Notlage der Flüchtlinge aus, drückten die Preise und rieben sich die Hände. Sie machten das Geschäft ihres Lebens.

Als Zana mit ihrem Vater zurück ins Lager kam, war der Fahrpreis gestiegen. Die Anzahl der Flüchtlinge hatte sich weiter vergrößert.

Die Reise dauerte Tage. Sie schliefen im Bus und sprachen nicht viel. Während der Pausen huschten die Flüchtlinge verschämt hinter die spärlichen Büsche am Straßenrand.

Dann sah Zana das große Wasser. Sie war noch nie am Meer gewesen und staunte über das unendliche Blau. Wie der Himmel, dachte sie, nur unten.

Draußen reckte sie sich in der würzigen Brise. Wie angenehm nach der stickigen Hitze im Bus! Sie ergriff die Hand ihres Vaters und schaute ihn an. Er roch streng nach Männerschweiß. Wann würden sie sich wieder vernünftig waschen können?

Mitten in der Nacht schlichen sie mit den anderen zum Hafen. Dort lagen einige Schlauchboote im Wasser. Jemand verteilte rote Schwimmwesten an die Wartenden. Der Vater half Zana, sie anzulegen. Sie war viel zu groß für das Mädchen.

„Es ist nur eine kurze Bootsfahrt, mein Stern, dann sind wir in Europa."

„Ist Europa Deutschland?", fragte das Mädchen.

Aber der Vater war mit seinen Gedanken schon weit weg und antwortete nicht.

Nach Mitternacht kletterten sie in das Boot und mit ihnen viele andere Passagiere. Sie saßen dicht gedrängt. Zana musste sich auf den Boden hocken, die Sitzplätze waren für die Erwachsenen. Die Hand ihres Vaters ließ sie aber nicht los.

Das Meer war dunkel und glatt, trotzdem schaukelte das Boot. Keiner sprach ein Wort, alle blickten angespannt in die Richtung, aus der man entfernt Lichter blinken sah. Die einzigen Geräusche kamen vom Außenbordmotor und dem Klatschen des Wassers an die Bordwand. Weiter draußen auf dem Meer wurde es unruhiger, das Boot schwankte gefährlich hin und her und Wasser schwappte hinein.

Zana saß bald in einer Pfütze. Sie war völlig durchnässt und fror entsetzlich. Die Angst ließ sie erstarren. Ein anderes Boot musste ganz in der Nähe sein. Menschen schrien etwas herüber, was sie nicht verstand, dann war es wieder ruhig da draußen.

Irgendwann kamen sie an ein Ufer. Helfende Hände zogen das Boot an den Strand und verteilten Decken. Sie waren auf der griechischen Insel Lesbos gelandet.

Wieder wurden sie in ein Lager gebracht, aber hier harrten schon tausende Menschen aus. Es gab nicht genug Schlafplätze und keine warmen Mahlzeiten. Die Touristen aus den umliegenden Hotels verteilten Sandwiches. Der Vater konnte einen Schlafsack ergattern und legte ihn unter einen Pinienbaum.

Er gab seiner Tochter Anweisung, hineinzuschlüpfen: „Ruh dich aus Tochter, ich bewache deinen Schlaf."

Sie hausten zwei Wochen unter Büschen und Bäumen. Die Notdurft verrichteten sie in der Natur, es gab keine Möglichkeit der Körperpflege. Da reinigten sie sich im Mittelmeer, das im September noch Badetemperatur hatte.

Saubere Kleidung bekam das Kind von einem älteren Paar geschenkt.

„For you and good luck", sagte die Frau.

„Thank you", bedankte sich Zana höflich.

Freundliche Helfer verteilten Wasserflaschen an die Flüchtlinge, doch immer wieder brachen Menschen vor Erschöpfung oder Austrocknung zusammen. Dann kamen die Helfer vom Roten Kreuz und brachten die Hilflosen in ein Zelt.

Auf einmal lag ein großes Schiff im Hafen. In die Menge der Flüchtlinge kam Bewegung, sie rannten, so schnell sie es konnten, zum Hafen.

Salman schnallte den Rucksack um, nahm seine Tochter auf den Arm und lief mit weiten Schritten los. Zana staunte über die gigantischen Ausmaße des Schiffes. Sie legte den Kopf in den Nacken und zählte die Stockwerke.

Sie hatten Glück. Die Erwachsenen mit Kindern durften zuerst an Bord, alleinstehende junge Männer mussten zurückbleiben und auf die nächste Fähre warten.

Es gelang Salman, eine Kabine zu erwischen. Endlich duschen und dann schlafen, schlafen, nur noch schlafen!

Das Schiff legte im Hafen von Bari an. Jetzt hatten sie es bis nach Italien geschafft.

An die folgenden Wochen erinnerte sich Jana nur noch schemenhaft. Flüchtlingscamps, Reisen mit dem Bus, Fußmärsche und Bahnreisen wechselten sich ab. Mal schliefen sie in einem Zelt, dann wieder im Bus oder auf dem Bahnsteig. Langsam, aber sicher ging es Richtung Norden.

Als sie mit dem Zug in München ankamen, begrüßte sie winkend eine freundliche Menschenmenge.

Welcome Refugees!, stand auf Plakaten zu lesen.

Dann wieder ein Anstehen und Warten. Wohin würde es wohl gehen?

Sie wurden mit Suppe und Tee versorgt, bekamen warme Bekleidung und einen Zettel mit einer Adresse. Mit Bus 29 sollte es nach Dortmund gehen, Dortmund war das nächste Ziel.

Am 8. November kamen Salman und Zana dort in der Erstaufnahmeeinrichtung an.

Nun waren Salman und Zana schon vier Wochen in der fremden Stadt und besuchten zum ersten Mal in ihrem Leben einen Weihnachtsmarkt. Sie blieben an einem Karussell stehen, in dem lachende Kinder auf Pferden und Motorrädern ritten und fröhlich ihre Runden drehten. Ein kleines Mädchen winkte Zana zu.

Langsam wurde es dunkel und immer mehr Menschen strömten auf den Platz. Durch die Menge bahnte sich ein alter Mann im roten Mantel seinen Weg. Kinder umringten ihn, zogen an seinem langen Mantel und riefen: „Nikolaus, Nikolaus!"

Da erblickte Zana im Hintergrund einen gigantischen Weihnachtsbaum, der mit unzähligen Lichtern prächtig glitzerte. Plötzlich ließ das Mädchen die Hand ihres Vaters los und rannte näher an dieses Prachtexemplar von Tanne heran, um das ganze Ausmaß zu bestaunen.

Hoch oben in der Spitze thronte ein leuchtender Posaunenengel, der eine ganz persönliche Botschaft an Zana verkündete. Andächtig blieb sie vor dem Baum stehen.

Hier ist Frieden, dachte das Mädchen. Deutschland ist wunderbar, hier möchte ich immer leben!

Von Menschen und Masken

„Gib einem Erwachsenen ordentlich die schöne Hand und mach einen Knicks", brachte mir meine Mutter in den fünfziger Jahren bei. Die „schöne Hand" war immer die rechte, und „ordentlich" war ein fester Händedruck mit der ganzen Hand. Für die Jungen galt das Gleiche mit einem Diener.

Knicks und Diener sind längst in Vergessenheit geraten. Ich befürchte, dieses Schicksal steht auch dem Händedruck bevor. Wir sollen uns aus hygienischen Gründen nicht mehr die Hand geben, und das fällt mir schwer.

Das Händeschütteln gehört zu unserer Kultur: Man reicht sich freundschaftlich die Hand, zur Begrüßung und zum Abschied, um ein Abkommen zu besiegeln oder einen Disput aus der Welt zu räumen. Wer reicht wem zuerst die Hand? Das ist im Knigge nachzulesen.

Per Handschlag wurde ein Handel ausgemacht, bei Viehhändlern heute noch üblich.

In Polen ist der Handkuss Tradition. Die Österreicher sagen „Küss die Hand!" und meinen etwas ganz anderes.

Ein Händedruck sagt viel über einen Menschen aus: Ist er dynamisch und besitzergreifend oder eher schüchtern und ängstlich, werden die Hände durch harte Arbeit beansprucht, oder sind sie warm und weich?

All dieses werde ich vorläufig nicht mehr erfahren.

Heute nun begrüßt man sich, indem man die Ellenbogen

aneinander stößt oder auch die äußeren Fußseiten. Diese Art von Begrüßung sagt mir nicht zu, denn meinen Musikknochen möchte ich nicht stoßen, und bei der Fußbegrüßung müsste ich kurz auf einem Bein stehen. Macht das mein Gleichgewichtssinn noch mit?

Ein Virus bremst uns aus und schränkt unsere Aktivitäten ein. Das hätte sich niemand vorstellen können, ist aber nun Realität. Every generation got its own desease.

Wir mussten unseren Wortschatz um einige englische Vokabeln erweitern: *Lockdown, Hotspot, Supersprayer.* Außerdem sind wir gezwungen, wenn wir außer Haus sind, einen Mund- und Nasenschutz bei uns zu haben. Dieser findet Verwendung, wenn wir ein Gebäude oder ein öffentliches Verkehrsmittel betreten.

Es gibt verschiedene Arten von Masken: die selbstgenähte Stoffmaske, die aus der Not geboren wurde, weil es anfangs keine zu kaufen gab. Da war auf einmal die gute alte Nähmaschine gefragt, an der sich selbst die Laien der Stoffverarbeitung versuchten und kreative Exemplare zauberten. Dann gibt es die festen, in der Mitte spitz zulaufenden Gesichtsmasken, die dem Träger etwas vogelhaftes geben. Sie werden gerne von den Herren der Schöpfung getragen.

Dieser Mund-Nasenschutz wird zum Werbeträger für eine bevorzugte Biersorte, für den Lieblingsfußballverein oder die angesagteste Musikband.

Frauen hübschen ihr Outfit mit der farblich passenden Gesichtsmaske auf. Ein rosafarbenes Einhorn auf himmelblauem Grund wurde ebenso gesichtet wie ein kirschroter Schmollmund auf hautfarbenem Stoff. Lippenstift und Rouge sollten sparsam Verwendung finden, denn die dekorative Bemalung beschmiert nur den Gesichtsschutz.

Ich bevorzuge die medizinischen Einmalmasken, die ich

nach Gebrauch entsorge. Ich tat mich schwer beim ersten Tragen, denn gleich nach dem Aufsetzen beschlug die Brille, und ich konnte meine Einkaufsliste nicht mehr lesen. Aber ich lernte, diesen Schutz richtig zu platzieren, auf Nase und Wangen anzudrücken und die Brille darüber zu setzen. Die nächste Schwierigkeit entstand beim Abnehmen der Maske. Wenn ich die Gummibänder von den Ohrmuscheln riss, dann riss ich sogleich mein Hörgerät mit heraus, wobei es im Dreck landete. Zum Glück bemerkte ich diesen Verlust sofort, suchte und fand meine Hörhilfe auf dem Kundenparkplatz des Supermarktes wieder.

Seitdem gehe ich ohne Hörgeräte einkaufen. Das erschwert die Kommunikation ungemein, da die Sprache durch die Mundmaske undeutlich wird und ich unmöglich von den Lippen meines Gegenübers etwas ablesen kann. Ein Handicap kommt selten allein.

Nach dem Gebrauch lassen einige Menschen ihren Atemschutz unter dem Kinn hängen, was vorteilhaft das Doppelkinn verhüllt. Bei anderen baumelt er an einem Ohr herab, schnell wieder einsatzbereit, und wieder andere hängen die Maske an den Innenspiegel ihres Autos, wo sie den Wunderbaum ersetzen. Ich stopfe meinen Gesichtsschutz in eine Tüte, die dann in die Mülltonne wandert.

Jahrelang haben wir uns um Müllvermeidung bemüht, aber nun sieht man überall Schutzmasken und Einmalhandschuhe in der Natur und auf Gehwegen liegen. Das muss nicht sein!

Unser Leben hat sich enorm verändert. Covid-19 hängt wie ein Damoklesschwert über uns und niemand weiß, wen es wie schwer treffen wird. Die Wissenschaft tut sich schwer mit der Prognose, wie lange wir in dieser Ausnahmesituation leben werden. Wann gibt es einen Impfstoff für die ganze Bevölkerung, ist ein wirksames Medikament in Sicht?

Hochzeiten und andere große Feiern wurden abgesagt, es gab bittere Tränen der Enttäuschung.

Kulturelle Veranstaltungen finden nur noch vor einem sehr begrenzten Publikum statt, für die Künstler existenzbedrohend. Vielleicht wird es bald keinen einzigen Zirkus mehr geben.

Viele Branchen kämpfen ums Überleben, weil die Einkünfte ausbleiben. Die gesamte Fleischindustrie ist in Verruf geraten, wegen der katastrophalen Arbeitsbedingungen und der Unterbringung der Mitarbeiter. Aber das weiß man doch schon lange! Wird sich nun etwas ändern, weil dort die Infektionen so gehäuft auftreten?

Die Politiker sprechen von Handlungsbedarf, aber am Ende siegen wieder die wirtschaftlichen Faktoren.

Mund- und Nasenschutz trägt man nun weltweit, Corona macht nicht an den Grenze halt. Die Gesichter werden trotzdem erkannt, bestimmte Scanner machen es möglich. Der Mensch kann sich nicht hinter einer Maske verstecken.

Mein Mann und ich begrüßen Familienangehörige und Freunde in unserem Garten. Hier können wir auf die Masken verzichten, die Unterhaltung ist ungetrübt, und ich schaue in die Gesichter meiner Lieben.

Wann werde ich sie alle wieder umarmen können?

Die Buche

Ich bin auf dem Land groß geworden, auf dem kleinen Bauernhof meiner Eltern. Unser Leben wurde bestimmt von den Jahreszeiten und dem Wetter. Die Versorgung des Viehs hatte immer Vorrang vor den Bedürfnissen der Familienmitglieder. Wir Kinder wurden schon früh zur Mithilfe auf dem Feld herangezogen, da gab es kein Murren. Trotzdem verlebte ich eine schöne Kindheit, in der sich meine Naturverbundenheit ausprägte.

Hinter den Dauerweiden unserer Milchkühe befand sich der Buchenwald der Kirchengemeinde, aus dem damals noch das Feuerholz für Pastorat und Kirche geschlagen wurde. Hier hielt ich mich als Kind am liebsten auf, denn es gab so viel zu entdecken und zu bestaunen: die Eichhörnchen, die von Baum zu Baum flogen, fast wie die Vögel. Den Buntspecht, den man lange hörte, bevor man ihn sah. Das Reh- und Damwild, welches sich hin und wieder zeigte, wenn die empfindlichen Nasen der Tiere keine menschliche Witterung aufnahmen. Auf der Lichtung beobachtete ich manchmal eine Ringelnatter, wenn sie ein Sonnenbad nahm.

Im Frühling brachte ich meiner Mutter Buschwindröschen mit nach Hause, später Waldmeister und Immergrün. Ich war mächtig stolz, wenn es mir gelang, die ersten Maikäfer aus den Buchenzweigen zu schütteln und in einem Marmeladenglas meinen jüngeren Geschwistern zu zeigen. Wenn das Laub sich rotbraun färbte, sammelte ich Bucheckern, die ich aus der Schale pulte und aß. Ich liebte die schlanken, gerade gewachsenen Bäume mit der glatten grünlichen Rinde, ich mochte den Duft des ersten zarten Grüns und den erdig moderigen Geruch des Waldbodens. Bei den leisen Geräuschen des Waldes konnte ich meinen kindlichen Träumen nachhängen.

Ich war hier gerne für mich allein. Dann schwang ich mich auf meinen Kletterbaum, suchte mir einen Platz auf einer Astgabel und träumte von Prinzen und Märchenhochzeiten. Hoch oben auf meiner Buche hätte mich im dichten Blätterdach niemand gefunden, hier war mein Geheimplatz, mein Rückzugsort. Wenn meine Mutter auf dem Hofplatz nach mir rief, dann hangelte ich mich runter von meiner Buche und lief nach Hause.

Irgendwann war ich zu alt, um auf Bäume zu klettern, aber meine Buche suchte ich immer bei einem Waldspaziergang auf. In der Landjugend lernte ich Wilm kennen und wir verliebten uns ineinander. Ihm zeigte ich vertrauensvoll meinen Lieblingsplatz im Wald. Mit dem Rücken an die Buche gelehnt, bekam ich meinen ersten Kuss von ihm. Nirgendwo anders hätten wir einen ruhigen Ort für uns allein gehabt. Mein Mädchenzimmer war für männliche Besucher Verbotszone, meine Eltern fürchteten noch den Kuppeleiparagraphen. Erste Erfahrungen mit Zärtlichkeiten und Sexualität hatten mit Natur, freiem Himmel und Waldboden zu tun.

Eines Tages zog Wilm sein Taschenmesser aus der Hose und begann ein Herz in meine Buche zu schnitzen. Er gab sich große Mühe damit, ritzte vorsichtig ein, und als ihm die Rundungen und Seiten gleichmäßig erschienen, schnitt er kräftig nach. So entstand ein ebenmäßiges Herz, durchbohrt von zwei Amorpfeilen.

„Jetzt bist du dran", sagte Wilm, „du schreibst schöner als ich."

Ich übernahm das Messer und ritzte unsere Anfangsbuchstaben oberhalb und unterhalb des Herzes ein. *W. V.* und *M. F.*

Wir traten einige Schritte zurück und begutachteten unser Werk. Die Abendsonne trat hell durch das Laub und besprenkelte das Herz auf dem Buchenstamm mit tanzenden Lichtpünktchen.

„Schön", sagte ich andächtig.

„Etwas fehlt noch", meinte Wilm und trat erneut dicht an den Stamm.

Ich schaute ihm bewegt dabei zu, wie er zwei verschlungene Ringe in die Herzmitte ritzte. Ich deutete es als Versprechen: Vor mir stand mein zukünftiger Ehemann.

Wir waren blutjung und so romantisch. Unter den flüsternden Blättern entwarfen wir Pläne für eine gemeinsame Zukunft.

Einige Zeit später haben wir geheiratet und sind fortgezogen. An unser Schnitzwerk dachten wir nicht mehr, und die Erinnerung an meine Buche vergrub ich in den hintersten Winkeln meines Gedächtnisses. Da ruhte sie viele Jahrzehnte lang.

Wilm und ich waren viel zu beschäftigt gewesen, mit dem Aufbau des Betriebes, mit der Erziehung unserer Söhne, mit all den kleinen und großen Dingen des Alltags. Für Romantik war wenig Zeit geblieben. Schade eigentlich!

Wilm wurde krank und wir mussten den Betrieb aufgeben. Ich fand einen Arbeitsplatz, der mir viel abverlangte, aber auch Zufriedenheit schenkte. Die Jahre kamen und gingen, Freud und Leid hielten sich die Waage, Eintönigkeit und Lichtblicke wechselten sich ab. Die Söhne wurden erwachsen und zogen aus. Die Familie vergrößerte sich durch Schwiegertöchter und Enkel. Unsere alten Eltern benötigten unsere Hilfe. Dann gingen sie fort.

Auf einmal waren Wilm und ich Rentner und hatten wieder

mehr Zeit für uns und unsere Träume. Für Wilm ist vieles, was er gern erlebt hätte, durch seine Erkrankung nicht mehr durchführbar. Aber er beschäftigt sich mit interessanten Dingen, die machbar sind. Ich bin immer noch ein Naturkind und liebe die Auszeit im Grünen. Der Gesprächsstoff geht uns nie aus.

Und dann kam der Tag, als ich mich zu einem Kurzurlaub in der alten Heimat aufhielt. Langsam fuhr ich mit dem Auto an dem Grundstück vorbei, wo einst mein Elternhaus gestanden hatte. Es war schon vor Jahrzehnten abgebrannt und nun stand dort ein schmuckes Häuschen, längst nicht mehr im Besitz meiner Familie.

Meine Eltern lagen auf dem Friedhof der Kirchengemeinde, zu der auch der Wald gehörte. Ach, der Wald! Plötzlich durchfuhr mich eine schöne Erinnerung…

Ich parkte meinen Wagen auf dem Randstreifen neben einem Holzgatter, das den Zugang zur Wiese versperrte. Mühelos überstieg ich dieses Hindernis und befand mich nun auf einem Trampelpfad, der mich an der Wallhecke entlang über die ehemalige Kuhweide meiner Eltern in Richtung Wald führte. Die Wiese wurde längst nicht mehr beweidet, überall wucherte Gestrüpp, Brombeerranken versperrten mir den Weg. Zum Glück trug ich lange Hosen! Wie schön war diese Landschaft in meiner Kindheit gewesen! Vom Küchenfenster aus konnten wir Störche auf der Wiese beobachten und hatten freie Sicht auf den herrlichen Sonnenuntergang hinter den Feldern.

Vor mir ragte nun dunkel der Wald auf. Er schien mir seit damals nicht verändert zu sein. Ich stand vor ihm und bemerkte, wie mein Herz ein wenig schneller klopfte als sonst. Ich suchte mir einen günstigen Weg durch die Brennnesseln und Disteln und übersprang einen Graben.

Danach ging ich ein paar Schritte in den Wald hinein und

sah mich dabei um. Nichts regte sich, nur das knackende Kleinholz unter meinen Füßen durchbrach die Stille. Trotzdem fühlte ich mich nicht unbehaglich.

Nah am Waldrand ging ich mit langsamen Schritten weiter, dabei schaute ich mir alle Buchen aufmerksam an. Wie dick sie jetzt wohl ist, ob sie überhaupt noch steht? Und endlich entdeckte ich sie, meine Buche! Sie stand dort kräftig und schön, als ob die Jahre nie vorbei gezogen wären. Das geschnitzte Herz wurde gerade in diesem Augenblick von der Spätsommersonne in Szene gesetzt.

Gerührt trat ich an den Stamm und fuhr mit der rechten Hand über die Umrisse. Sie waren jetzt so breit wie mein Zeigefinger. Alles war gut zu erkennen, die Pfeile, die Ringe, unsere Anfangsbuchstaben. Unser Baumherz hatte gemeinsam mit der Buche die Jahrzehnte überdauert, genauso wie unsere Ehe.

Bewegt lehnte ich mich an den Stamm und holte mir die Erinnerung zurück an die Zeit, als Wilm und ich hier den Anfang unseres gemeinsamen Lebens besiegelt hatten. Ich legte den Kopf in den Nacken und schaute nach oben ins Blätterdach. Die Astgabel, auf der ich als Kind geträumt hatte, schien mir unerreichbar hoch. Wie war ich da nur hoch geklettert?

Mit meinem Handy machte ich Fotos und schickte sie an meinen Mann. Er sollte teilhaben an meiner Reise in unsere Vergangenheit, die noch immer unsere gemeinsame Zukunft ist.

Zum Abschied umarmte ich meine Buche, aber meine Arme reichten nicht aus. Ich hätte auch Wilms Arme gebraucht. Da meldete sich mein Handy: *Wie schön, dass du den Baum gefunden hast, ich liebe dich!*

Inhaltsverzeichnis

Maria Volkermann wohnt mit ihrem Mann in Westfalen. Sie ist Mutter von zwei Söhnen und Großmutter einer Enkelin. Im Berufsleben war sie zunächst Bäuerin, dann Pflegekraft bei einer Diakoniestation. Sie ist Meister der ländlichen Hauswirtschaft und Pflegekraft im Ruhestand.
Erst im Rentenalter entdeckte sie ihre Freude am Schreiben. Seither veröffentlichte sie bereits einige Kurzgeschichten in Anthologien.
2015 erschien ihr erstes Buch unter dem Titel *Petticoat und Gummistiefel*.
Ihre Erzählungen in *Der Garten der Freundschaft* sind zu einem Teil erdacht, zum anderem biografisch geprägt.
Alle Vor- und Nachnamen wurden verändert.